NOVELISTAS DE NUESTRA ÉPOCA

SI HUBIÉRAMOS VIVIDO AQUÍ

ROBERTO RASCHELLA

SI HUBIÉRAMOS VIVIDO AQUÍ

Editorial Losada
Buenos Aires

© Editorial Losada, S. A.
Moreno 3362
Buenos Aires, julio de 1998

1ª edición, 1998

Ilustración de tapa:
Giovanni Fattori, *Tempestad en el mar al atardecer* (fragmento)

ISBN 950-03-4213-8

Queda hecho el depósito que marca la ley 11.723
Marca y características gráficas registradas en la Oficina de
Patentes y Marcas de la Nación
Impreso en Argentina
Printed in Argentina

*A Mammola
en Calabria*

I

Al principio, buscaba sólo la historia de mi padre. Ya era el país, apenas indicado en la carta oficial de la región. Desde la ventana, me volví hacia Antonio, que me llamaba. "Mi madre no ha muerto" –dije– "mi padre sí, hace muchos años." "Éramos hermanos, éramos los hijos de Roque", me contestó Antonio.

Aquel día no conocí otra cosa de Antonio. Yole, que tenía el antiguo nombre de las violas, se acercó y me puso una mano sobre la boca, con la confianza que da el estado de familia. No quería que me callara, solamente buscaba el calor del pariente arribado y vivo. Dejé hacer y me llevaron adentro.

Allí, sobre la mesa de madera, estaba Teré, la otra prima de madre, ya designada en mi mente, como Antonio, como Yole. No los había vivido nunca, no los podía vivir, lejos como crecimos, pensando nada más que una parte del mundo, mientras el mundo de todos los hombres se escurría por las paredes como una salamandra.

Y pasé junto al brasero. La mano de Yole avivaba

el fuego. Bebían mi presencia, todos, pero tuvieron delicadeza y en homenaje a mi cansancio, quedé solo, porque Antonio ya se había retirado.

Entonces, sentí un cuerpo a mi lado, que no era mi cuerpo, y me arrastraba a dormir, y también descendía, con excesiva libertad. Temí expresarlo en el mío, y me contuve. Frugué ropas y hojas, una hora: sabía que los parientes, inmaduros de sueño, velaban mi medianoche.

Rápidamente, repasé la jornada. Había cruzado la campiña desde el Tirreno hacia el este con los ojos bien abiertos, dentro de mí la imagen de Pignon guardada tantos años y, junto a mí, campesinos apenas silenciosos que se hablaban y buscaban en los canastos de ropas y de frutos mezclados puramente. Más arriba, todavía más arriba, alguna verde planicie se estrechaba entre colinas y cauces de pequeños ríos. Ya no vivirás el tiempo consagrado, el terror de la inteligencia, la grave ilusión, me había dicho a mí mismo en ese momento.

Y cuando un cielo corrompido me trajo la tentación de la vida distinta, las primas me dijeron algo más, y así supe que Antonio residía pasando el Carmen, y que la abuela de parte de padre no bajaba a la plaza desde el último verano.

Hacía tiempo que no se veía con las primas, porque el odio dura lo que duran los cestos de higos en épocas de carestía. "A la abuela le ha capitado toda la oscuridad, y oscura es" –dijo Yole– "alguna vez le mandamos un cotraro con aceite y harina, y aceptaba, aceptaba, sin que supiera Antonio… porque los chicos conocen la benevolencia, los chicos son recibidos siempre con toda la dulzura de este mundo…". Después, dejamos de hablar un rato.

Ya estaba de nuevo vecino a la ventana. Las primas me cuadraban desde el brasero. En sus pensamientos, tenían un punto fijo detrás de mi nuca, como si yo fuera una máscara, acaso de tragedia. Y a la luz, me parecía que entre ellas no sólo regía la diferencia de viudez a soltería. Los ánimos estaban casi cambiados: la viuda, Teré, cerraba en sus ojos la belleza más menuda, Yole respondía horrible, mordida. "No pienses el fin de las cosas, piensa la historia mejor. De ese modo, el morir no existirá", dijo Yole.

Discurrían, y yo les fijaba las manos. Sentían muy poco la urgencia de decir, porque el pasado estudiaba continuo al presente. "La vida no es fiesta", dijo Teré. Se había casado con las brasas apagadas, y así le fue. Un día, el hombre empezó a irvenir y corrió a la Límina, y desde ella se echó.

Seguí mirando. La habitación era extendida, sin sitios demasiado claros. Afuera, el techo constante, la distancia de casa a casa hacía rojo del verde y verde de los rojos, y ciertas tierrecillas caían, como una visión del paraíso. Era día de avanzado invierno.

–El fuego te animará –me dijo Teré.
–No tengo frío.

–Rescáldate. Te hará bien. Rescáldate.

No quería atormentarla, y me acerqué al brasero. "El sol nuestro", rió Teré. Pensé: nunca dejarán el fuego, ni menos en el verano, y acaso las ropas que llevan, semejantes a las cortezas secas, les serán quitadas por los muertos.

Y Yole nombró la Morsiddara. Eran tierras en la altura, y nadie las visitaba ya. "Como el corazón de un viejo", dijo Teré. ¿Comentaban mi padre y mi madre de la Morsiddara? "Se sube por el calvario, y tarde o temprano se llega. Un día volveremos, un día te llevamos", me dijo Yole.

¿No había estado yo siempre en el recinto, abrazado con Yole y con Teré, como buenos hermanos? Callé, y pensé que mis ojos estarían diciendo el trabajo de mi sentimiento, porque las voces de las primas se volvían más gentiles, y Teré se parecía al inquieto y obstinado bajo, al que Yole agregaba la fugente melodía. Mientras tanto, el fuego seguía vivo, oculto bajo las cenizas, y acordaba con las voces. Las manos de las primas estaban hechas a su rigor, y no lo sufrían, como le pasaba a mi madre. Yole tocó una brasa, y al girar o inclinarse las mujeres la perfección llegaba a sus vestidos, con los ángulos de luz que daban cierta estridencia al relativo gris.

Y sintiéndose alumbrada, Yole se volvió y habló, sin mirar a Teré y sin mirarme a mí: "Somos culpables, mujeres somos, mujeres sin hombres, mujeres viejas, de este modo", dijo Yole.

No recuerdo haber contestado. Yole podía ser una soberbia madre, el pelo ajustado a las sienes, aquel rostro de bondad apasionada que suele asumir formas de dureza. Después, ordenó a Teré un poco de leche. Me ofreció, y al beber, sentí que las primas esta vez me miraban justamente los labios, abiertos con temor sobre la leche, que era pesada y dulce, dulcísima. Una verdad, una certeza se iba haciendo en ellos, porque ya había empezado a recoger algo frutecido y ajeno mío, algo que aceptaba a contradeseo, procurando que ninguna novedad me estremeciera. ¿O era que alguien me había condenado a ser siempre un visitante?

Y al pasar la mañana, aparecieron los vecinos. Entre ellos, había uno, de ojos cargados, compañero de Antonio en el Carso y como él minero: se presentó conociendo mi nombre, y aun mi segundo nombre, y lo repetía en voz baja. La palabra se le desnudaba alegre de algún sentido recóndito, y en esa veste pasaba a Yole y a Teré, y cada sílaba parecía más grande que la alegría del comienzo, y ellas reían como si la hubieran aprendido nueva y como si rieran por primera vez en la vida. Era un placer escucharles el nombre con la consonante doble, que después se acorchaba hasta reducirse a una simple exhalación. "Has venido y nos ha vuelto la risa." "Finalmente nos conocimos…estamos para conocernos en el mundo." "Pero nos duele, porque no naciste aquí y también te irás." "Nosotros te queremos." "Quédate, Filipo ha emigrado." "¿Cómo murió tu padre?" "¿Murió como vivió, con el mismo valor?" "Tu padre era puro, tu padre era real, era objetivo." "Recuerdo que tenía el pelo a la Mascagni". "Tu padre levantaba las sillas con los dientes." "Tu padre que le gritó raquítico al rey." Y aquella paurosa fantasía de una noche en la Marina, y era un milagro la luna que se helaba arriba, y de golpe Antonio enferocido gritando solo como un buey: "Se fue, mi hermano, Cristo desfigurado, que me lleven a mí también, que enmudezca el país de una vez para siempre".

Y cuando un hombre hizo signo de silencio a todos, me dijo que se llamaba León, retornado al país el último año, hijo de Siciliano y amigo también de mi padre.

—¿Te hablaba tu padre del país? —me preguntó León.

—Más hablaba con los paisanos, venían a sentársele los domingos ante la mesa de trabajo.

—Tu padre ha hecho la guerra vieja conmigo, ¿sabes? Éramos de la misma compañía...

—De la guerra recordaba a un compañero, bellísimo, que después le cortaron la pierna por la gangrena y murió, y que dicen había estado con Malatesta...

—Sí, aquel compañero se llamaba Domingo, aquél, con los bigotes para arriba irtos y una mirada de dolor que abrumaba... ¿No te habló también de Russo? Todo inmerso en los hombros, un gobo, ronco, loco por las mujeres que ni lo sabían...

—No sé...Creo que había otro...creo que se llamaba Salvo... un poco maniático, decía, firme de espíritu sin embargo...

Razonábamos, inseguros. Queríamos construir, tener delante a los hombres de las trincheras por un apetito extraño y acaso por motivos diversos, pero intuí que León no conocía hombre seguro de tal y tal nombre, y me acompañaba porque me veía muy solo entre los dos mundos.

"Lo has hecho sonreír, León. Te mereces un vasito. Busca a tu Antonio", dijo Yole. Y León, sin irritarse, hizo una venia y bajó a la plaza.

Llegaba la hora cercana al mediodía. Los viejos, los senadores se pasaban revista con un salve y alguno entraba a las cantinas. Teré había ocupado mi lugar ante la ventana. Quería saber a quién encontraba León: acaso Antonio no bajaría esa mañana, envuelto en el sentimiento de la noche, como ellas, cada uno en el modo suyo. "Míralos, son viejos de piernas, viejos y torcidos." "Así hasta morir, ahora que los huertos se cerraron." "Míralos, son todo el tormento del mundo."

Y abajo apareció Antonio. Se dio vuelta. Saludó alzando la mano al cielo. ¿Se proponía subir de nuevo? "Ya no se tiene en pie, viene del paradiso." "No, que no se la hace, no." Era un juego malicioso el de las primas: salir, acompañar a Antonio no podían, vetadas por algo más fuerte que la prohibición de usanza. "Está consumado, como un asno que enceguecíó. Roguemos para que no suba", dijo Yole. Pero los amigos lo rodearon como si estuviera por desvenir, y cubierto por ellos, partió.

La comida ya estaba entre mis manos. Mastiqué. El pan sabía a sardina –el grano viejo ensurbaba. No lo rechacé. Y me sentí honrado, porque hubo segundo plato.

–Nos hemos comido la gallinita renga –dijo Teré.
–Todo por mí, primas.
–No estamos en guerra…
Yo comía lentamente: hubiera querido levantarme y llorar por la gallinita, pero vino no había, y faltaba el pretexto. Entonces, me aferré a la silla. El vicio de tiranía podía obligarme a sentir algo natural en los pasos de Teré, que aportaba y llevaba, castigada por la simple presencia de la hermana. Pero al vicio de tiranía corresponde el vicio de servidumbre. Y de pie, como un hombre capaz por lo menos del amoroso gesto de familia, ayudé a la prima.

Y turbiamente, reconocí dos palabras en los labios de Teré. Pobre desventurado. Yo era el peregrino, que se quedaba pensando frente a la ventana, mientras otros vivían la juventud. "No es tuya la desventura, te ha venido", me dijo plena Teré.

La comida había terminado. Sentado otra vez entre las hermanas, ellas me adoraban, y me hacían frente. Los carbones estallaban en el brasero. Toda una jornada había ya desde mi llegada. Entonces, con algún pudor, con algún tremar, hablé de mi familia principal, hablé de mi padre.

Y les dije a las primas que mi padre me había dado mucha vida de maravilloso encantamiento, porque eso era estar a su lado, aunque la mesa estuviera poco servida. Mi padre, que reía a boca abierta y estrangulaba a los enemigos de la razón, y los trituraba entre sus dientes blancos que sonaban como piedras. Mi padre, que llamaba a las batallas por el pan y anunciaba las insurrecciones nunca sucedidas. Mi padre era una hermosa pasión, en la dignidad y el tumulto que provocaba levantando un solo brazo, diciendo una sola palabra de amareza. Oscuro, orgulloso, un poco errante. Mi padre, que siempre estaba en mí, que siempre estaría. Pero no podía durar. Un día, me preguntó si yo sería como él, de un pedazo, si seguiría su figura después del sueño que le llegaba a la vida. Parecía ciego, y me murmuraba como a un cómplice. Y después abrazó a mi madre, y mi madre, que era amable y plácida, nada preguntó.

Ahora el viaje era otro sueño, o la memoria de otro sueño, veloz, incierta. Padre y madre han vivido entre estos muros, necesitados de amar, de darse a alguien, de capir un poco más las cosas. El hijo está solo, el hijo les sigue los pasos. Así dije.

Y mientras la niebla de febrero entraba a la altura, Teré se había recogido enjuta en la silla. Quise reatacar discurso, sin saber qué quería decir, pero Yole me impidió y dijo: "No gastes el momento, tantísimo tiempo ha pasado para vivirlo".

Abajo, una pared se formaba en el ángulo de la

plaza, y el hombre que allí llegaba se paraba a leer el bando de los muertos. Era la imagen de la duda eterna y al mismo tiempo un particular cierto, inamovible. Yo podía cancelarlo dando un paso al costado, pero la exploración se había iniciado y, resto o línea, quedaba enlazado al diálogo con las primas, a la muerte misma de mi padre, al deseo de presentarme a solas con Antonio. Imaginar hubiera sido una traición. Verás muchas cosas, me dije. Acaso llegarás a la fría, a la fina cognición. Entonces, descendí yo también, por primera vez.

II

Antonio los había llamado a radunarse. Eran zopos y viejos, esbeltos y viejos, ansiosos y viejos, parcos y viejos. Eran los senadores, como ya he dicho o, según otros, los cojifrío. Buscaban el aire, venían sobre las escaleras a mi encuentro, me daban las manos, me celebraban también ellos. Llevaban bastones, y con los instrumentos simulaban poseer el tercer brazo, que llega adonde el alma quiere. Acaso yo les perturbaba toda esa vida de hombres curvados como si no tuvieran corazón, y sin embargo malignos en los ojos, violentos adentro. Antonio, que reposaba una mano sobre su ojo, seguramente era un poco más joven que ellos.

Y fue el propio Antonio que ha comenzado a decirme iluminado:

—Te demoraste un poco en el camino... ¿Quién te ha mandado, nepote? ¿Ha sido el Señor que te ha mandado? Si fue el Señor, corre, golpea, llama... si puedes... Y si no te mandó el Señor, algún otro te mandó... Porque todo es necesario... y las ruedas deben avanzar siempre................................. Pero hiciste bien... El que camina, sufre... el que camina, no ve........... Has venido, has venido................... Estos malditos países... malditos, mezquinos... estos viejos... Estos viejos chancados... peores que la fiebre española.............. No les creas, no les creas ni menos una sola palabra... estos viejos retrivos............ Tienen los huesos más duros que la miseria... y se hablan todo el tiempo el dolor del pecho................ El basamento de muerte ya se lo compraron... y algún hijo todavía les come encima... Muchos, muchos morirán después..................... Escápales, porque la vejez contagia... Escapa, ellos escapan también, escapan de casa, escapan de las cuarenta pulgas que tienen en el cuerpo..................... Pero no lloran a nadie... y tampoco se lloran....... Desconfía, desconfía...

Ya caminábamos juntos. La casa deshecha ante la plaza había quedado atrás y, cambiado el bastón por una larga caña, Antonio golpeaba los ángulos. "¿Sabes quién soy", me decía. "Los brutos matan a los inteligentes... Por tanto, he remanido... Mucho tiempo anduve, torcido sobre un asno... otro tanto tiempo me hicieron callar, y me mordieron el corazón, y mastiqué amargo, y encendí la bella y última luz antes de partir, y no me pareció invierno.............. Tu tío ya ha perdido la bondad... Y no soy ni agua ni fuego, soy yo... No tengas, no tengas tampoco bondad conmigo... Los discursos de la bondad son una pobre cosa... porque el bien admira al mal..."

Me llevaba aparte de un brazo –y muchas veces lo haría después, con los días. Su cuello se endurecía al levantar la cabeza cuando mostraba y ocultaba parejamente las casas y las vicendas de sus habitantes, y así me recordaba a Von Stroheim que bebía en *La gran ilusión* ante el prisionero, con la pequeña maceta al fondo. ¿Y no era Antonio un texto sabido y muerto? Porque él seguía hablando y yo le tomaba, no todas las palabras: "Los tímidos esconden la soberbia", me decía. "Cristo que piensas, Cristo que no haces... Pides mi historia con los ojos, ¿a qué? No pidas, no pidas ni a la muerte... Deja, deja que ella madure... falta tiempo para recogerla..."

Enfilamos hacia el Carmen. Antonio se había separado de mí, y agrandaba los pasos. Su voz calaba avante la casa del barón. A algún lado llegaríamos. La fuerza parecía venirle de la mente, y cada paso suyo era un hálito más que le daba vida. Debajo había piedras, y las piedras frenaban y tenían a la vez su pie astuto, el pie que tastaba antes de caminar, en un instante, por temor a deslizarse. Había dejado también la caña. De él partía un sentido de terrible ironía. Yo me inclinaba ante los vecinos:

–¿Es que has nacido aquí? Pareces un viejo siervo... tiemblas como ellos temblaban –me dijo.

–Son bellos rostros, y me inspiran el respeto..

–Bellos rostros... Todo es bueno para ti... Visos de hambre tienen...

–Entre pobres se sacan los ojos.

–Ah, repites la polémica de tu padre. ¿Quieres saber también quién inventó la sal y quién toca la pasacaglia............ Ahora llueve, mira... No tiene mal ánimo el cielo... Por todas las veces que fue llamado crudel...

Era cierto, llovía. En algún lugar, el mundo se venía abajo. Antonio seguía buscándose la lengua sin buscar la mía, y con el cuerpo que le vibraba entero pasaba revista a las cárceles sofertas, a los hijos dispersos de los senadores, a Yugoslavia y Etiopía, a la estepa que por poco no había conocido, al espanto y la alegría. Yo deseaba que la nueva casa apareciera pronto, y que Antonio abriera la puerta y con grito someso me presentara a su madre. "Entremos. Mi madre está adentro", me dijo de golpe.

Se había echado a descansar, pero no dormía. Sobre dos sillas acercadas estaban las ropas, y no pude distinguir si la mano iba hacia ellas. Escasa luz, solamente los anteojos cruzados ante la lámpara. Un opaco vaso de noche manaba todavía. El cuerpo parecía ausente, y entre los lienzos la cabeza sobresalía oscura. No me atreví a mirar más. "Esta casa es el fin de todo, esta casa es el mal fin. Tu padre era su memoria. Tenía la luz en la mente, y sin maestros", me dijo Antonio.

La abuela no se alzaba. Antonio seguía sentado junto a la escalera, que llevaba al plano de arriba. "Ven conmigo" –me dijo– "es hora de que conozcas tu lecho..."

Era alta, más alta que Antonio, más alta que mi padre, entonces. Subía la escalera. El pelo vuelto en rodete, le daba una aureola que la apartaba de nosotros:

—Podías llamar —dijo.

—Todavía es presto para morir —le contestó Antonio.

—Déjame estar.

Hacía como que no me veía. Tampoco habría visto los gradinos al subir, y podía quedarse entre ellos por los tiempos de los tiempos, hablando con los ojos cerrados, como las primas delante del fuego. Ya no tenían aceite, decía la abuela, ya no tenían el aceite de los campos nuestros, y las vasijas secas eran fuentes de ecos cuando un cristiano se acercaba o cuando llegaban los sorcios. Y también se acordaba de su hijo mi padre, que ya era maduro en el 22, y nunca se estaba quieto, y antes de casarse cantaba desde muy temprano, y cantaba de memoria las romanzas. Y me mataron partiendo, y llegando me mataron. Pero el que nada tiene, nada busca, decía la abuela.

Y me dio un higo seco por afuera, y adentro estaba el higo fresco, almacenado, entero. Solamente había un higo, que era para mí, como las palabras, y todos los días que fui a la casa, hubo otro higo, igual y misurado.

Pasó casi una semana. A casa de las primas iba a dormir, porque prefería la estancia en que habían vivido mis padres. De día, acompañaba a Antonio, que me buscaba obediente y me contaba en secreto la historia de familia. Acaso inconsciente, yo me proponía indagar quién era el poderoso y quién tenía aquella miserable bondad, y si los padres se habían ido del país en paz o litigaban entre sí indecorosos. Y Antonio rebadía:

—Tu padre y yo fuimos hermanos, de ideas distintas y pechos semejantes.

—Quiero la paz, la paz de todos ustedes —le contestaba yo.

—No la tenemos, ni la tendremos, confórmate.

—Yo les he traído otra inquietud.

—No. La abuela no sufre por mí, pero yo sufro por ella. Siempre ha sido así.

—¿Desde cuándo?

—Desde que enterraron a Vastasu.

—¿Quién era Vastasu?

—Acaso un perro, acaso un hombre.

Pero la abuela empezaba a quejarse. No se trataba de llanto, y parecía maltratada por una frusta inasible, que podía partir de mí o también de Antonio. El tío, entonces, me tomaba otra vez del brazo, como se hace entre viejos, o de viejo a niño. Bajábamos a la plaza: la abuela quedaba sola. No había escampo para ella, era imposible socorrerla. "Oh, las mujeres del Belgio" —me decía Antonio— "las mujeres del Belgio... Tú no las conoces, y no las conocerás, porque no son de tu tierra y tampoco son de mi tierra. Son mujeres que se encuentran cerca de las mineras.... Estaban arriba y te cuadraban, y volvían en todas las salidas. No sé si me esperaban a mí, o a cualquiera, pero la ilusión era buena. ¿A ti no te acompaña la mujer cuando surge a una misma hora, y es y no es la misma persona, y buscas en sus ojos el miedo que tienes desde que naciste? Una se llamaba Frida. No se trucaba, el viso descubierto, los cabellos extendidos. Ella tenía la paz, la paz que tú dices y que a nosotros nos falta en el mundo…"

Y después Antonio me dijo: "Llámame de tú, nepote".

Sobre la terraza los senadores se inalzaban, casi jóvenes. El suave viento de febrero les golpeaba los sombreros, que caían y eran alzados por algún niño. Por momentos, se rescaldaban al sol, más firme que una semana antes, con las lluvias que se habían disipado.

Y visto que fue Antonio, como si estuvieran esperándolo, formaron una cohorte de gritos y de improperios: "¿La has dado ya la serenata?" "¿Hiciste el tenor o el barítono?" "Eras el mejor de los comparsas." "Las viudas, las viudas te escuchan, nada más que las viudas". "No hablas. ¿Se te ha acecado la lengua?" "Espera, espera, que ahora desembarca Garibaldi."

Si yo hubiera nacido en el país –pensé entonces– ellos habrían sido mis bellos conocedores, y mi padre no hubiera muerto como murió, porque los hechos y los lugares cambian la vida de los hombres, y les dan y les quitan males y bienes. Pero a nada conducen las hipótesis de un tiempo vacío y sin recorrer. Apenas es visible cuanto existe. Apenas los cuerpos y las palabras que a veces pesan y se escuchan.

Y sin defenderse, Antonio me dijo: "Tengo razón

frente a mí. Me bate el corazón, y tengo razón, y me basta. ¿No es así?".

Estábamos en la puerta del bar. Era una gloria de celeste la nave de ultramar sobre el almanaque, y no se quedaban atrás los ojos de aquel viejo que me miraba desde adentro. Y Antonio se dio vuelta y me dijo: "¿Sabes adónde vamos? Lejos, muy lejos...". Me hablaba mesto, pero yo le discerní cierta lascivia. "Ven aquí, yo te ruego, yo te mando", me insistió.

Y apenas entrados, el hombre de los ojos celestes se presentó. Era Siciliano, el padre de León, todavía conductor de bagallos a la muerte de Vastasu, y maestro suyo, maestro como requiere cualquier oficio. No era gobo, pero así venía llamado, porque sus espaldas habían tomado la forma de las cargas llevadas tantos años. "El camino es corto sin embargo, algún paso nada más, no te canses ni nos canses a nosotros", seguía diciendo Antonio.

Estos hombres parecían de calidad diversa de los senadores, más jóvenes, excepto Siciliano, que era viejo, muy viejo, más viejo que los muros, y tanto que semejaba el padre de sí mismo, según Antonio.

Y Antonio fue el primero en sentarse, y primero levantó el brazo pidiendo. "Pide tú" –me dijo después– "el nuestro es un vino grueso, de Ciró, y no te gustará." Pero no pedí nada, y el tonto del bar, que todavía vivía y se llamaba Renzo, empezó a recitarme en el oído como una lágrima: "*Amaro e noia la vita, altro mai nulla; e fango é il mondo. Posa per sempre. Assai palpi-*

tasti. Non val cosa nessuna i moti tuoi, né di sospiri é degna la terra".

–Leopardi, ¿conoces? –me dijo Antonio, y se volvió contra Renzo, gritándole: "Apártate, los puercos con los puercos".

Nadie me había invitado a jugar, y me sentía despreciado. Antonio me observaba mientras tanto a través del vaso, que estaba lleno y negro. Tampoco él jugaba, y solamente bebía, bebía y hablaba: "América se cerró para nosotros, y eres tú que vienes aquí –me decía– "ahora llega tu padre y nos cuenta... Tú ves si necesitas ver, eso es todo. Tú ves, la familia es la tuya... Y si no quieres ver, te darrupas... Pero no harás el campesino nunca, nunca... Se necesita que el mundo gire, y tú girarás con el mundo... No te dejes arrastrar, no... no es cosa justa. Nada es cosa justa... Y un día olvidarás............. Nos llevan, nos llevan..." Tales palabras me decía Antonio con el vino.

Miré a los viejos. Los vencedores rejuvenecían de un golpe, tan ralegrados se ponían. Y en el juego, sus pensamientos se habían extraviado, o no eran más que un murmullo, pero el oído lo tenían abierto y escuchar nos escuchaban.

–No juegas –le dije a Antonio.
–Antes jugaba.
–¿Has dejado?
–Mi voluntad ha dejado... Yo no soy como ellos...
–Ellos no beben.
–No beben... porque no tienen ninguna esperanza.

—¿Tú quieres las tierras? ¿Vienes a venderte la Morsiddara para tu vejez? Hasta las viudas bailan por las tierras... Pero si no tienes tierras eres dócil...

—Nada sé de la Morsiddara.

—¿Nada te dijo tu madre?

—Nada me dijo. Las primas prometieron que me llevarán.

—Te llevaré yo, pero ahora son días de lluvias a veces... Las tierras existen, existen, no tengas la duda... ¿Quieres hacer alpinismo? ¿Anhelas las montañas?

—Quiero ver, solamente ver.

—Las verás las tierras, las verás, yo te llevaré. Pero quieres bien. No hay más luz en la creación que la luz que te entra por los ojos y pertenece al aire. Pero no olvides que a la tierra pertenece la sombra.

¿Era trágico o mezquino? Todos aquellos hombres habían pasado las vidas con los dientes estrechos y las almas recogidas. Llegaban a cada ciudad como se llega a vida nueva, esputando atrás, pero después volvían, también Antonio. Así hubiera sido mi padre, y hubiera tenido el mismo ojo que quemaba sobre mí y me vestía de negro, como un pompus magnis.

—¿De qué parte del mundo estás, caro nepote? No morirás de paz, te repito —me dijo Antonio después. Y se puso la mano sobre el corazón, y una y otra vez se detenía a percibir, antes de hablar. Era el ritmo de familia que debíamos respetar. Nos esperábamos, nos acomodábamos a él. Y de improviso, pensé que Antonio renovaba pacientemente los escasos y oscuros diálogos tejidos con mis padres, cuando nadie se animaba a nada y los hechos caminaban con pies gélidos y morados. Entonces, pedí volver a la casa.

III

Abrimos por el vico atrás. La noche ya se había echado, en los sitios más perdidos y pequeños, y aquí abajo, era un espacio infinito. Caminábamos entre sombras verdes, en el vago color venido de los montes, que se mantenía todo el tiempo, mientras Antonio en él cambiaba edad, y también cambiaba mi sentimiento. "Tengo vergüenza de ti porque tú tienes vergüenza de mí. Pero mejor cornudo que no escuchado", me dijo.

Discurríamos, apartados, y sin embargo el hilo estaba. Antonio se tocaba el sombrero sobre los ojos: así debía haber sido joven, haciendo vida de navegante y de minero. Apoyó las manos en el suelo dos veces y dijo: "Sembremos". Reía y su voz me recordaba a mi padre diciendo cosas descostumadas después del raro vino. "Tócame el corazón, levántame", me dijo Antonio.

Habíamos llegado al extremo del vico oculto. Desde allí debíamos hincanar hacia el Carmen. La lluvia reiniciaba, y ya era un pensamiento.

—¿Qué buscas? ¿Tus diablos? Te socorro...
—Gracias, Antonio.
—Ah, empiezas a conocer a la familia... ¿Te has hecho más lugar ya? Pronto hablarás también como yo del corazón y estarás consumado................... ¿Has traído la máquina para fijar fotografías?

Y las yemas de los árboles salían del apagado verdor. Eran una lenta concepción, una oscura idea de vida. Me puse a mirarlas, y escarbé, hiriéndolas. Antonio me interpretaba a su modo. No, tampoco él era mi padre: no tenía el sentido que mi padre tenía entre los paisanos, como si todo el mundo dilagara de follía. Las yemas, entonces, sólo estaban en mí.

—¿Ves? El agua ya no seca en el suelo, y no es la tierra que se apropia, es el agua misma que se transforma como tales y tales hombres... Mira las cruces... Detrás están los niños muertos y arrancados... todos blancos... Los niños ya idos como si no fueran nacidos .... ¿Te atreverías a vivir siempre aquí, entre nosotros? ¿Te atreverías a soportar las camas que se mueven y son de una sola persona, y los muros y los mingitorios escabrosos sobre las manos? ¿Qué sabes tú de esto? .... Has leído, no viviste... Me miras... No eres filósofo, me imagino.... Bruto sería... Por estas partes pasó un filósofo, Temístocles, llamado tomístico por todos, argentino como tú, y se llevó mujer, y no era filósofo... Pero tú, ¿qué haces en la vida? ¿Puedes decirme?

—Quiero escribir.

—No me fío. Escribir es peor que zapar. Pero haces bien, la vida ya no es el amor... ¿Y qué escribes?

—Fragmentos, apenas fragmentos...
—¿Necesitas un orden?
—Un orden oscuro. Solamente lo oscuro debe ser escrito.
—¿Tienes comitente? ¿Cómo escribes? ¿Escribes como si tocaras a distancia, como si desfloraras un espíritu producido por la semilla y el espíritu no te llegara nunca? ¿Escribes solamente sobre los hombres de frágil osatura? ¿Y qué buscas al escribir? Lo que está lo que no está, ni belleza ni tierra ni conciencia ni mano,.. Una línea sin razón que parte de ti mismo hacia los otros....... Ah, los otros, el nuevo testamento... Mira... El país reducido es un vico, un suspiro, un merigio... Apenas quedan dos días de luz, los muretos de casas y galerías, los hombres bajo tierra, los santos solitarios, el frío que no te hace sentir la sangre... el apocalipsis... ¿Sabes? Para que la hierba crezca, la tierra debe ser fértil...
—No me puedo quejar. Ves por mí.
—Tú no te pronuncias.
—Nada he apreciado todavía.
—Tienes ojos sin embargo.
—Ojos de otro país.
—Ahora estás cerca del horno. Toma cuanto tienes que tomar. Cierto pan hay. Pero no alces demasiado la cresta. Atorméntate con la gente amada. Maltrata si es necesario, por amor a la verdad, hasta que te llegue la paz eterna, la única paz.
—A ti también te llegará.
—Me amenazas... Yo soy un bandido, y me cuento a mí mismo mi leyenda.

—¿Alguien te ataca?

—¿Pero es que no te causa horror mi viso? ¿No te parece que le nacen llagas de minero, aire de carbón sobre los ojos? ¿No ves la lámpara en mi frente? Porque yo tengo la luz, yo veo en la oscuridad…

La luz. La luz iba y venía en el conversar, y era la luz cierta y la luz incierta, la luz decreciente y la luz que caminaba por las ventanas. La negativa luz del alba que es muerte y del día nuevo que sólo es infortunio. La luz flagrante sobre el alma, dios presente acaso. La luz, la paz, la eternidad.

Ahora el tío cantaba, y era una voz agria, como por una prematura rugiada. De él no me llevaría piedad o limosna: ya lo sabía. Tampoco nos conoceríamos hasta el fondo. No nos odiaríamos, no nos amaríamos. Y me dijo: "Verdi hizo la música y los demás la tocan. Pero la música es siempre la misma, y todos cantan, y todos desentonan… Vayamos… Los muertos comen a su hora…".

La abuela hablaba con el fuego sola, un poco de fuego nada más, y puestas las manos sobre él, o muy cerca, después se las llevaba al viso. Y aunque la mesa estaba aparejada con dos platos, no me atreví a preguntar si había comida.

Y la familia paterna estaba toda sobre la mesa. Nadie comía. Obedece, le decía mudo Antonio a mi padre, y mi padre levantaba la forqueta. Apenas quedaba un pan de orzo. "Yo era como tu padre" –me decía Antonio– "nos queríamos porque no éramos pecorones. Litigábamos, litigábamos entre nosotros, por el lugar en la mesa y por el puesto en las escaleras, y si habíamos crecido más o menos que el otro, y entonces nos menábamos."

La abuela movía la cabeza: aceptaba, rumiando. El fuego le hacía entonar las facciones, que se recortaban fuertes. Tenía una sonrisa dolorosa, fijada como el rojo de los castañetos sobre los techos en penumbra.

Después se levantaban de la mesa, y desaparecían.

–Tu padre, tu padre... –dijo la abuela.
–¿Te acuerdas cuando íbamos a misa juntos, y llegábamos tarde, y los previtaros nos miraban como a asesinos? –dijo Antonio.
–Eras tú, mala desgracia.
–Nos pacíamos de la ira ajena, ¿no comprendes? Ni menos los cándidos bautismos se salvaban...
–Eras tú, tú dabas la orden...
–Ah... ¿voulez mu danser?
–Que te baile...

Antonio ensayaba un paso en el aire con la mano hacia la abuela. Después se sentaba. No había segundo plato, y aquellas lentiquias, oscuras de carne grasa, me daban la impresión de pequeñísimas bestiecillas vivas, difíciles de prender. El único vaso estaba vacío. La abuela se voltaba a mirarme, porque un pensamiento amable suavizaba otra vez mi frente.

—Lo hicieron correr los deshonestos, a tu padre —me dijo. Si lo apresaban iba al confín.

—Este es el confín, ¿no te has dado cuenta? Adorméntate, no hables —interrumpió Antonio.

—No temas, las historias no se repiten.

—Si te hablaran mal de tu padre, ¿negarías? —me preguntó de parte suya Antonio.

—Háblame tú de mi padre.

—Tú sabes más que yo. ¿Qué puedo decirte? Cree, hijo, cree.

—La fe no siempre basta.

—¿Has pensado que tu padre es el dios?

—Mi padre era un hombre severo y honesto.

—El hijo debe conocer al padre, y no sólo como padre.

—Háblame de mi padre.

—No. Es para tu bien.

Y la abuela pedía el lecho, en la misma estancia. "Retirémonos, nepote", dijo Antonio. "¿Lo bebes un coñac? Se bebe para conversar, se bebe por beber, como tantas cosas. Pero es mejor beber en silencio." Tomó la botella, que era un regalo de usanza mío, con una bolsa de café —todo el café del mundo había llevado. La botella todavía estaba cerrada. En los ojos de Antonio había una voluntad: te la beberás toda, no dejarás una gota, tú la has traído y es tuya, encúñatela hasta el alma, vamos. Pero tampoco esta vez acepté beber, y el tío guardó la botella, para las Pascuas.

—Me dirás cómo ha muerto mi hermano.
—¿Piensas que tengo culpas?
—Como cualquier hijo por ser hijo de su padre.
—También ustedes fueron hijos.
—Ah... ¿Y quién era nuestro padre? Nuestro padre no tenía cuerpo, jamás estuvo, solamente cartas... Lo esperamos añadas y añadas... No nos llamó a su lado y tampoco muerto tuvimos su cuerpo... Y fue justo... Lo que eres o no eres en vida...

Ahora reconocía al hermano de mi padre: como él crucificaba con pocas palabras, y sin embargo no estaba animado por el gran rencor que no tiene fármacos. Pero el abuelo se hallaba demasiado lejos de mis sentimientos, porque nunca había escuchado su voz propia y mi cabeza tampoco había recibido sus manos. Era al tío a quien quería reclamar y obedeciendo dije:

—No sé cómo ha muerto. Yo no estaba presente. Después quise llorar pero no pude.
—¿Cuántas noches pasaron hasta el entierro?
—Una sola.
—¿No te colpiste el pecho por él? ¿No te pusiste de rodillas sobre la tierra? En este país se hacen tantas noches de luto. Las mujeres se derraman sobre la bara, y acuerdan al muerto de ahora con los muertos de antes. Y el lugar de muerte es guardado limpio, y el muerto sigue así entre nosotros.................. Tu padre, tu padre... tiene la placa en el municipio, por vía de los comunistas...
—¿Es cierto?

—¿Dudas?
—Como tú dudas de mí.
—Te has calado con todo... Al fin...

Antonio parecía dispuesto al juego, y si yo sufría, si yo mostraba con palabras mi sufrimiento, no habría acto alguno de novedad entre los dos, y él se cerraría como se cerraban todavía las mujeres de la familia que recordaba —mi propia madre, aunque fuera otro su tronco. También habría podido responder yo de igual modo, pero no lo hice, y no fue error: todo lo que siguió, esa noche y el resto de la jornada en el país, se colmó de una firme alegría, la alegría de buscar en el oscuro fondo de los tiempos.

—¿Y echaste tierra sobre la bara descendida?
—Mis pies estaban húmedos. Me bastó...
—Recuerda siempre tu sangre, nepote.
—Sentí que era una muerte injusta, y después me hice muchacho serio.
—¿No lo eras antes?
—Un poco... Cerraba los ojos cuando amanecía... Temía los simples llamados de la calle... La astucia de otros jóvenes me ofendía...
—Tú eres un joven amaro. Tienes los ojos enfermos y pequeños... acaso de tanto leer... y ellos tiemblan cuando ven... y cuando no ven, guardan lejos del mundo... No me recuerdas ojos de familia nuestra...
—¿Siempre es necesario recordar?
—A quien conozco y a quien quiero conocer... Y tampoco se puede convencer si no se está convencido...

—Tienes razón... yo también te pienso como a mi padre...
—¿Y qué me ves de él, dime?
—Todavía no sé. Mis ojos son pequeños.
—Otra vez estudiaste bien mi latín, nepote. Te dejaré dormir.

Ya era mi segunda semana de país. Los diálogos del día con Antonio me habían vaciado de sueño, y entre cansancio e inquietud me condené a la vigilia. Alguna lámpara estaba encendida en la vecindad, o se trataba de los muros que reflejaban la luna. De vez en cuando se escuchaban las toses de la abuela, y aun la tos de Antonio, un toque repetido y seco que acaso le venía del cigarro escondido para la soledad. El techo parecía desmenuzarse en una blancuzca ánima: era la tierra que se movía o mi propia meditación generaba el rumor y la visión.

Y la alarma siguió toda la noche, porque los golpecitos sobre las paredes me traían la sospecha de algún policía emboscado o compañeros fugentes. Resulta difícil distinguir el cuerpo y la fantasía cuando el cuerpo se siente conmovido por cierta presencia de persona o de cosa. Entonces no se sabe en qué puede devenir el propio cuerpo, que se mezcla al futuro y es la angustia, y tampoco está claro a quién se darán finalmente sus partes más preciosas y cerradas. Ahora esperaba el rebombar de aquella tierra, el grito de las mujeres enloquecidas antes que la hecatombe en forma de grieta, de boquete por donde se viera a la muerte engruñada como un viejo perro enfermo. Tenía los miembros suspendidos en el aire y los ojos a la altura de mis pies, pensaba en Antonio, pensaba en la abuela. Antonio se voltaba contra mi padre y mi padre le replicaba y se ensanchaba con los muslos sueltos. Los hermanos ya no estaban, desgraciados, perdidos para siempre, y nadie encontraría sus cuerpos. La abuela, a ojos abiertos, nos llevaría a todos en la mente, así como mi madre nos vigilaba a todos en las noches del patio rojo...

Las mejillas me avampaban de un frío caliente. En el vico, abajo, se escuchaban pasos. El agua de las fontanas se volcaba en los cántaros. Las mujeres corrían. Y un ligero acento en el piso me reveló a Antonio, que miraba desde la oscuridad, erguido sobre los talones. Era una mujer que lo atiraba. La luz de la noche plena ya se había fundido con las primeras cosas que se encarnaban, mi propia ropa doblada sobre la silla, las medias de lana húmedas del lavado precario, los vasos que debían llevar flores –pero no las había, y nunca supe si alguien acostumbraba reparar en ellos, abandonados como vagabundos.

Antonio se extendía sobre la ventana. Sus espaldas tenían todas las sombras del mundo ceñidas y me ocultaban el éxtasis del amanecer. No dije nada. Simulé dormir.

IV

Y hecha la mañana, me levanté necesitado de Yole y de Teré. Las primas, en el cotejo con Antonio y con la abuela, parecían más ligeras, más dueñas de sí mismas, y entonces me tranquilizaban. Pero también ellas sospechaban de mi viaje y a cada gesto mío querían adivinarme, mirándose la una a la otra, porque alguna historia me perseguiría seguramente desde más allá del mar. "No avisaste. ¿Has dormido ojo con ojo en casa de la abuela?", me preguntaron. Y también me preguntaron si no me había perturbado la tierra que temblaba.

Las tierras... las tierras... Toda tierra era temida y era amada. Había la tierra breve –la Morsiddara. Había la tierra exterminada, de algunos o de muchos, o acaso ya de nadie, y que por ello mismo estaba vagamente, como una batalla de oleografía o como la gente afachada a las plazas: aquella tierra pronunciada con la mayúscula por los profesores de letras. Y Yole me dijo:

—Sabes que la tierra era el alivio de casa. Y en años

de abundancia, íbamos a olivos con tu madre, aun si llovía. Es muy bello colpir los olivares, inclinarse hacia el suelo... ¿Nunca lo has hecho?

—En la ciudad apenas quedaban las moreras para recoger, las moreras en la pared del parque...

—¿Lo hacías solo?

—A veces con la madre, pero solo era mejor.

—Tantas cosas hace el hombre solo...

—Y tú, ¿qué haces?

—Aquí es diverso... Está la plaza adelante, y el país que te mira, y tú lo sabes todo, y así se vive, así se campa...

—Pero vivir no es saber.

—Pareces el filósofo. Y también cuando avanzas el dedo y hablas me lo recuerdas. ¿Tú eres filósofo?

—No justamente. No me precio.

—Pero enseñas, ¿es cierto? Eres profesor entonces.

Intentaba sonreír, y su sonrisa me recordaba el mansueto poderío de la vida todavía precoz. Ella era un poco la mujer no hallada, la mujer velada adentro, de cuerpo sin límites, de edad tan extraña como la tierra. Teré no hablaba: la mirada torcida hacia mis anteojos, todo el tiempo el mentón apoyado en las manos, se ocupaba de mí. Después, Yole me dijo:

—¿Tú estás bautizado?

—Bien no lo sé. Nunca pregunté.

—Entonces no te importa.

—Me estudias desde el primer momento. Me estudia Teré, me estudia Antonio.

—Porque eres nuevo, por eso. Aquí todo es viejo, perfecto, aquí no se cambia.

Teré se había acercado, y noté entonces que sus párpados temblaban siempre. Acaso era la luz apresada en la plaza, la luz conservada desde que viviera mi madre, y mucho antes, cuando sólo había valle y aire. Ciertos seres humanos —me dije—, ciertos seres humanos surgidos de destrucción, se hacen testardos amigos de la vida, como si olvidaran el pasado o preexistieran al pasado. Y Teré, que había perdido al hombre en las alturas un día de lluvia, ahora deseaba todas las lluvias, que la entristecían, pero también deseaba que entonces los seres queridos estuvieran a resguardo en sus casas.

—Si el viento muda a siroco lloverá otra vez. ¿Qué harás si llueve? ¿Te quedarás en casa nuestra? —me dijo Teré.

—Acaso es molestia ya.

—¿Cómo puedes molestar? El mundo se hizo no para nosotras. Somos desfacendadas, ¿no ves? Al contrario, llenas nuestra vida. Filipo se ha puesto a salvo, Filipo el hermano nuestro............ No estás bautizado, no. Eres pagano todavía... Si te prestas, iremos al párroco... Te cambiará la vida... No queremos obligarte, piénsalo...

Era mi propia madre que me pasaba la mano por la cabeza, y yo no me resistía. Sentía que ella me seguía con los ojos: estaba inducido a comer, a vestirme, a desaparecer. Todo me placía. Pero mi nuca ya no era blanda y acogedora. Las primas no me asujetarían. Y sin embargo, algo de remotamente cierto había en la propuesta y dije que pensaría.

Y la idea del bautismo me llevó al verano. Un verano. Los chicos corrían por las calles mostrando las comuniones. Eran mi envidia. Uno se me acercó. Creía ver en mí a un hombre, porque yo tenía las espaldas anchas y la cabeza plantada y gruesa. Extendió la mano con la imagen: era un niño bello y antiguo, era un niño espantado. Algunas monedas tenía y se las di. No esperé que me agradeciera, y él se alejó como había llegado.

Antonio no se hallaba en la plaza. Y fue un primer momento en que lo busqué desde los gradinos, y ya Siciliano me estaba llamando como un viejo conocido. Había otros alrededor, y una necesidad de vislumbrarlos me tomó de golpe. No podía indagar como hacían los turistas registrando obtusos con las cámaras. Solamente me quedaban mis propios oídos y la memoria aguzada en los ejercicios de la soledad.

Algún rostro escondido en la grisalla recordaba, de unos días antes. Fioravanti, el esputasentencias, tan talentoso que pasaba los discos en el gramófono. Filipo el viejo, a quien los más jóvenes escarnecían por sus ojos colorados de sueño, y parecía también un gallo, con la frente acuminada y el pasito corto. Testuzza, así nominado por su persistencia en las discusiones, de pecho fuerte como un limonero joven. Era él que estaba hablando, y no se interrumpió. Discernía como siempre –así me informaron–, de guerras y de paces, de revueltas y restauraciones, y eran más desgracias que bellezas, los amigos y los enemigos, las envolturas de los vivos que llegaban intactos al ocaso en la trinchera. Decía Testuzza:

—No estaba el hombre, y nada había. Por eso, por eso algo de nosotros ha quedado en tierra, y no sólo los muertos. Y cada palabra que venía del otro nos pasó al cerebro y se quedó fijada.

—¿Qué palabras, Testuzza?

—Recuerdo... recuerdo aquel sidernota que hacía las cuentas con toda la parentela para después de la guerra, y cantaba, canta que te pasa, hasta la muerte, canta que te pasa.... Y le pasó, sí, le ha pasado, una esquirla de granada en el pecho le ha pasado... La muerte... la muerte no es orgullosa... Le tocas el hombro, y ya escucha...

—Ah, Testuzza... Puedes decirnos los nombres de todos los iguales de trinchera y de todos los sitios oriundos, puedes decirnos el que murió de día y el que murió de noche, puedes decirnos la sal de las jornadas más ricas y la miseria de los meses de estío, todo puedes Testuzza...

—Una cosa se dice, otra queda en el camino, como las truchas pescadas en sacos... Y no hablo del que disperaba sin necesidad, y nos hacía visibles... no hablo de los supérstites, más muertos que los muertos, y los piojos que se llevaron y les comieron el alma...

—Como a ti, Testuzza.

Por momentos, semejaba mi padre, los labios que engrosaban al hablar y un gesto de las manos buscando no sé qué en los bolsillos. Le pregunté:

—¿Ha estado en Milán alguna vez?

—La ciudad más oscura que se puede pensar... ¿Cómo lo sabes? He estado en todas partes...

—Algo decía mi padre de usted. Decía que eran dieciocho, y que usted estaba entre ellos.

—Sabíamos bien en aquellos tiempos.... Sabíamos bien el evangelio de la lealtad... Eramos los derelictos, éramos los hijos de la catástrofe. Pero ese tiempo ha muerto. Como muchos de nosotros, ¿comprendiste?

—Usted vive.

—Así piensan, pero no saben bien. A malapena se me ve entre todos... ¿Me han escuchado decir alguna ilusión, alguna esperanza?... Ilusión, esperanza, no son la misma cosa. La esperanza tiene brazos, la ilusión se vuelve de espaldas al mundo, ¿comprendiste?

—Es el mundo que cambió.

—El mundo es siempre gris y amado a la vez, como tú y como yo.

—Ustedes tenían claridad.

—Forse en el veinte, después no. Era la claridad antes de ser vencidos... Es distinto, ¿comprendiste?

—Todos fuimos derrotados.

—Ven a verme en la botega. En el fratiempo, maduraré la respuesta. Todavía trabajo, hago el zapatero, ¿comprendiste?

Antonio tampoco estaba en la casa. La abuela me abrazó y me besó, como no había hecho hasta el momento, con el tío delante. En la cocina, la padilla sonaba como otra lluvia. Sobre la mesa había una caja abierta. Papeles ennegrecidos caían a los costados.

Eran cartas, cartas del abuelo, de Antonio, de mi propio padre. La abuela no sabía leer, y así como el hijo las repasaba y acantonaba las suyas como una sospecha, el nieto procuraba conocer algo de ella, aunque las letras resultaran extrañas a sus ojos interiores, de otra lengua, de otro tiempo. Sin embargo, algunas líneas fueron destacándose, disueltas en la voz de la abuela, que las recordaba y las completaba, establecidas por la lectura de Antonio.

De aquella vez que el abuelo se alejó largamente y desde Australia, en el temor de muerte, se confesó los pecados.

De otra vez que el mismo abuelo ya pensaba la muerte sin remedio, pero siguió viviendo.

De las zucas del tamaño de un puerco.

De una vez más, cuando brillaba un león en las afueras de Toronto del Canadá, y los helados por cinco centavos y las carrozas que pasaban sin caballos.

Pero era natural. "La triste enfermedad le rompió el corazón... porque siempre es el corazón que te mata, así como alguna vez te hace vivir", dijo la abuela. Un misterio había por medio, y Antonio ya me había dicho que se pensaba otra vida del abuelo en América, cercana a los inquilinatos del barrio italiano. Un venido al pueblo antes de la guerra grande lo había visto y escrutado varias veces, bien vestidito, bien alegre, con un mazo de flores pronto en el ojal, y hasta la gabardina y los guantes negros imponentes. A la abuela no le conté nada, y comimos callados y solos. Me costaba nombrar a Antonio, y dónde estaría y por qué nunca me miraba de frente y no me aceptaba ninguna idea: pero era el tema.

—Parece perdido en las noches —le dije a la abuela.

—No era así, lo perdieron.

—¿A quién culpas?

—Primero fue la mujer. Después los senadores, los chancados como él.

—Pero Antonio es joven todavía.

—Una belleza era, en el ojo de las mujeres. Se mostraba fuerte, y más lo amaban. Ahora lo han dejado solo en la desgracia.

—Ha sufrido mucho, o así dice.

—El sufrimiento no da razón, el sufrimiento no tiene sentido... Pero no te engañes, más hizo sufrir. ¿Nunca has visto su alma en los puños que golpean, los paseos de noche pensando el infierno?... Cuídate... no le digas nada de ti mismo.

—Muy poco le he dicho... Siempre es así, uno quiere saber, el otro poco dice...

—Ahora ve a buscarlo a la cantina... porque si pasas o no pasas él estará en su lugar, y ésa es su casa desde que llegaste... Ve a buscarlo y tráemelo, pero no bebas con él, no bebas...

V

Quería bajar solo aquellos vicos hasta la cantina. Y era un pequeño acto que cumplía placentero, porque mi espíritu se mostraba dispuesto a la aventura. Estaba templado. Algunos hombres que discernían todavía en la calles, me saludaban silenciosos. Ya habían visto cosa igual y no me indicaban, pero sí me confirmaban el camino del hábito nocturno. La cantina era el único lugar abierto a esas horas, ni siquiera la iglesia.

Antonio estaba hecho y no quiso verme: eran los humos del vino. Se había decidido por el juego, con los ojos astutos y encendidos, y alguna palabracha sin contestar un momento antes. Me pareció buen signo.

Y alguien me ha puesto una silla detrás de él. Mantenía a su rival distante, como a un enemigo vero, derrotado o victorioso. La partida terminaba. Creí que Antonio se levantaría, pero dejó que los hombres se fueran a otras mesas y me dijo:

—¿Quieres que te llame con el tintinabulum? Siéntate de frente. Te ha mandado mi madre.

—He venido yo.

—Has venido impelido, sin libertad. ¿Te guía la compasión? ¿Eres mi padre arrepentido? ....
Algo busca la anciana de ti...... ¿Qué te dijo de mí?

—Sólo me habló del abuelo.

—Mientes. Te pidió que no bebas conmigo.

—No es mi costumbre beber.

—Difido, quieres cuidarme. Maldito si tienes que aprender de los jóvenes. Y tú... tú eres uno de ellos.

Quedamos solos. Antonio se secaba un sudor apenas llegado. "Ayúdame a que me levante. Las piernas no me rigen", me dijo.

Unas pocas luces nos llevaron a la plaza, que ya estaba vacía. "Aprovecha mis restos, aliméntate", me desafió Antonio. Restringía sus dientes, parecía no hablarme a mí. Era todo un viejo y execrado mundo en el estómago que arrojaba afuera. Las calles estaban húmedas, y ahora no era lluvia. Alguna fontana se habría partido en las entrañas o el siroco dejaba su impronta. Resbalábamos. Habíamos llegado a las espaldas del país.

Antonio rió, haciéndose el pequeñito. Se arrastraba contra las paredes y, la mano envuelta sobre él, los ojos afectaban una herida en el pecho. "Oh mi nepote. Un ex combatiente no debería cansarse nunca", me dijo. Estaba inclinado en el suelo, y lo vi más viejo, como si no pudiera ocultar nada.

—Estoy gurno —me dijo.

—Es la calle o el aire.

—No. Me encajé siete litros, me hice duro tomando, y el vino se desquita.

—¿Sabes lo que quiere el vino?

—¿Quieres enseñarme? Recojo tus palabras: ¿para qué echarse los piojos uno contra otro? Tú tienes tu vaso, y yo tengo mi vaso. Vive el horror, pero no pronuncies la palabra, porque el que dice verdad es derrotista.

—Es un poco de gratitud, nada más.

—No me hables desde abajo. Levántate, levántate hasta el cielo...

Y los gatos cruzaban de pared a pared. Se quebraban a cada salto, chocaban entre sí, juveniles, sin saber adónde iban. Antonio se detuvo a escuchar los crujidos. "Necesitamos vivir, nepote. Es bueno orinar, de vez en cuando", me dijo.

De golpe, me llamó: no podía hincanar la escalera. Mis brazos tocaron sus hombros. Ahora podía ayudarlo. Tenía que hacer fuerza hacia arriba. De ese modo, el cuerpo le pesaría menos, y le daría el tiempo de pudor para enderezarse. Me ayudas, es cierto, pero no puedes ir a ningún lado sin mí, me decía. Te has sujetado. Calcarás sobre la tierra, como yo, y entonces estaremos juntos, y me explicarás la palabra fidelidad, y me dirás de qué vives, y también me dirás por qué tu padre no quiso que yo fuera a la Argentina cuando terminó la guerra.

Y cada gradino era una imagen. Un techo fumaba en dirección a las cruces. Los castañetos sobre el Carmen seguían enrojeciendo. Luces de braseros subían desde los pisos. Muchas cabezas aparecían torcidas sobre nosotros, y quedaban apresadas en los murallones donde el Claro y el Tórbido parecían juntarse y el molino vagaba iluminado.

—¿No los reconoces? —me dijo Antonio.

—Los senadores duermen ya.

—Tampoco son mujeres ni niños ni bestias ni espíritus.

—¿Te estás burlando?

—Es el dios que se burla de ti y de mí. Es el viento... Tú y yo subimos las escaleras... Ilusión, error... El Claro nunca se junta al Tórbido y el molino está abandonado hace tiempo... Las cabezas son sombras de piedras y de árboles, en este paradiso. Apenas los techos, apenas los techos...

Antonio se apoyaba en mí. No lo evité. Nos leíamos continuos, nos leíamos cada movimiento, cada palabra. Y todavía no habíamos escuchado bien y nos contestábamos con menuda rebelión, que era el modo de comprendernos a nosotros mismos y de reanudar siempre el discurso. Mientras tanto, habíamos llegado a la plana. No caminábamos recto a la casa. En realidad, yo no quería dormir esa noche, y deseaba esperar el amanecer frente al Carmen. En cuanto al tío, la inteligencia de sus piernas pensaba por él.

—Ahora, ayúdame otra vez. Quiero desbracarme. Y no te muevas de mi lado, no te muevas ni me muevas. Tampoco me alumbres. Déjame oscuro, pero no te alejes. Elige tu ángulo y siéntate. Allí tienes puertas que no conoces y que son todas tuyas, porque no eres dueño de ninguna casa. No mires hacia adentro, no llames: nadie te contestaría. Solamente a la mañana salen a buscar la cruz, y al mediodía se extienden al sol. Pasar cerca de ellos es fácil, y es fácil escapar. Sucede así, hace tiempo también. Un hijo ha huido porque mató a alguien y sigue siendo hijo que tiene nombre pero que nadie nombra... un hijo...

—¿Tienes hijos?

—Más de un hijo es un crimen... Uno tuve, y está muerto, y se llamaba Nicodemo. ¿Es que has venido a buscar noticias de muertes?

—Piensas mal de mí.

—No es pensar mal. Es pensar recto al corazón, sin pasar por los ojos o por la mente.

—¿Es que has venido a buscar tu muerte?

—Sabes insinuar también sin ofensa...

—¿Aceptas entonces?

—Sí, acepto.

Yo no decía verdad: era demasiado cobarde, tanto para buscar mi muerte como para no aceptarle a Antonio. Antonio, un diablo, un diablo cristiano que hablaba y hablaba: "Toda mi vida mierda fui, toda mi vida mierda seré... Moriré y no veré nada de bueno.............. Y da vueltas el mundo, pero no termina... Debí finir en sangre y en ergástola, y hago la vida de las palomas.............. Quiero saber todo para echar más chispas... Esos borbones que se comen la pulpa y se la desviñan solos... Quiero ir a la tumba de tu padre, quiero ver a mi hijo y a mi hermano... Estos gatos...".

Cristianos, cristianos también ellos, los gatos. La pasión se les subía a los lomos y de la noche eran el rasgo sin hipocresía, brutalmente posados. Y quise espantarlos, pero Antonio me impidió. "Tristes delincuentes" –dijo– "como todos los artistas." Y después me preguntó:

–¿Por qué no te has casado? ¿Dejaste mujer en la ciudad?

–Dejé a mi ciudad.

–¿Y puedes decirme cómo es tu ciudad?

–Es antigua e indecente.

–Tampoco tú perdonas.

–Juzgo por el sentimiento.

–Mala harina si es tu sentimiento que juzga. ¿Y a mí cómo me juzgas? ¿Te he despreciado? ¿Te he abierto alguna herida? Esfuérzate, trata de sentir. Pero no me juzgues, no, no me juzgues en tan breve tiempo, no me atribuyas el bien, no me atribuyas el mal...

Los gatos hacían y deshacían, lentos. Ya insinuaban el cansancio de cualquier hombre y cualquier mujer que han dejado de amarse y apenas semejan el deseo. Alguna sonrisa de incomodidad me expresaba: era el ascetismo que representábamos conscientes.

–¿Pensaste hoy mujer?– insistió el tío.

–Sólo caminé por el país.

–¿Llevas a alguien adoso?

—Ningún cuerpo se sabe a sí mismo... Tú espías, te he visto...

—Tú me espías, ya sé.

—Has matado, has matado muchas veces..

—¿Qué sabes? ¿Qué te han racontado?

—Tú mataste muchas veces.

—Ah, ¿qué quieres ahora? ¿Quieres que te nombre a los muertos? Uno y otro, como el catastro de la vecindad... Morgen, morgen, me gritaban a la cara los tedescos... Jamás escuchaste esa lengua... Te matarías si una multitud de hombres te dijera la palabra desde cerca, a ti y a los muertos extendidos y todavía calientes, y tú entiendes sin saber... Ahora mismo podrías decirme en tu lengua una amenaza o una derisión... y yo comprendería como los niños y como los perros que me quieres matar aunque me hables dulcemente...

—¿De qué muertos hablas?

—Imagínate un joven ardiente de vida en la soledad del país... Ese joven se va y encuentra la guerra que buscaba, la guerra rotunda y justa, la guerra que tu padre odiaba... Y si te vas, vuelves, y cuando usas otra vez tu lengua tienes la voz de los hombres que te gritaban... ¿Por qué no gritas en tu lengua, por qué no gritas muerte?

El pecho de Antonio se echaba contra mí, y también su rostro se me apareaba, como un fuego de provocación. Éramos dos hombres entonces y uno, el más viejo, decía:

—Feliz de ti que no tienes hermanos... Ah, tu padre... Tu padre era bueno, pero estaba comido de amargura, y el joven resentido te devuelve mal el amor que le quieres demostrar... Tu padre... difidaba de mi sentimiento, tu padre me cercenaba... Tu padre se alzaba con la cabeza baja y las rodillas que le tremaban y después retornaba y era sólo su carne que retornaba, como un relapso. Tenía ojos... no eran ojos de hermano... eran ojos de una bestia encontrada por caso en el camino... ojos de mala bestia enamorada... Y se lo meritaba, se lo meritaba, pero nunca lo castigué... Feliz de ti que no tienes hermanos...

Sobre los blancos techos del país tocaba una pequeña lengua de luz. Era algo, algo más intenso que la propia luz, como el rigor de un ángel de Guttero, acaso la superior claridad. Para eso había llegado al país, para estudiar el orden de la luz la intimidad del pensamiento en la familia, que ahora iba naciendo más rápido y arbitrario, y someterme a esa luz y a ese pensamiento, si hubiera sido necesario. Para hallar, una vez más, dos o tres gestos definitivos, álgidos, preciosos de sentidos.

–Escucha, escucha el cucurir del gallo... Tú y yo somos sagrados... Levantemos de nuevo, los huesos se limpian mejor sobre la tierra. Álzate como quieras, pero álzate –dijo Antonio.

–¿Adónde irás ahora? ¿A tu casa?

–¿Mi casa? Nunca he comprado. Era de mi padre o de mi madre, y así llegará a su tumba, que es el abismo.

–Eres feroz, tío.

–Compadéceme, me he embratado los pantalones.

VI

—Créeme, debes creerme... Nicodemo y este mundo nunca fueron amigos... Mi hijo, mi hijo... Era dulce y salvaje. Arrancaba la hierba junto al Claro... y así lo encontraba yo... la cabeza contra el suelo... las uñas mondas de apresar... y era el cielo que quería apresar. Algunos decían que de piedras se alimentaba... pero yo no vi. Son cosas que se dicen de un santo, y si te pareces a él o llevas su nombre, sus charlatanes pensarán que de él desciendes, en los dichosos siglos transcurridos desde la aventura con los pies quemados y las tempras abombadas de martirio............. Y dicen también que el fundador transportaba el delicado coltello sobre el pecho... y un coltello, si lo tienes... lo tienes para quien te molesta, conocido o ignoto, descansado o rumoroso... Y al conocido lo matarás cuando el odio mata al amor que sientes por él... al ignoto lo matarás cuando te ha mirado con demasiada libertad... al rumoroso lo matarás si tu propio silencio se nutre de remorso....... Y piedras o coltellos necesita Dios cuando quiere ser revelado ....

.... Ah, caro nepote... tú sabes cómo está hecho el mundo, tú sabes que el mundo gira hasta un día de éstos alrededor del sol, y que la luna no se mueve si tú no te mueves, y que si tú te mueves no te caes hacia abajo porque la tierra te salva. Tú sabes que tienes o tenías padre y madre, y que ansiabas un hermano másculo. Tú sabes muchas cosas. Tú sabes la elevada estrategia. Mi hijo no sabía, pero era más inteligente que tú. Era un muchacho de bien y mal ajustados, capaz de regirse sobre los pies y de volar la vallada con el deseo de acabar el mundo, que también era fuerte en él........... Porque Nicodemo me escuchaba, como el buen hijo entregado al padre... Hacía finta que no, pero me escuchaba el principio profundo......... ¿O crees que la única inteligencia es el papel lleno de signos y la cabeza perfumada de bellas palabras? Yo también tuve un hijo, nepote...

—No me has dicho qué hacía Nicodemo.

—Te he dicho. Hacía cuanto hacen los jóvenes que no son como tú. La vida lo atravesaba como el pescador del Jonio al pez espada, que puede atravesarlo a él y a su barca. Tú no atraviesas porque temes ser atravesado. Y si no eres pescador o pez espada no sé si vivirás ensangrentado o matarás desde tu propia sangre represa................ Oficio no tenía. A vueltas, era compañero menor de Vastasu tu tío muerto, y le alcanzaba los bagallos a la corriera. A vueltas, ayudaba a levantar las racoltas de buena época o despejaba las piedras del camino caídas en aludes...

—¿Y Vastasu?

—Ah, Vastasu. Espaldas de roca... pecho subido y

grueso hasta los hombros... y cuando hablaba, hablaba con el adentro y el costado una que otra palabra... como una roca... y era el murmurío de varios cristianos juntos... Y hay veces que me despierto en el sueño nocturno, y me alarma de muerte, muerte suya y muerte mía... Yo lo amaba, yo lo amaba...

–¿No has dicho que Vastasu era un perro?

–¿Qué quieres? ¿Quieres que el amor dispute con la piedad y el hermano con el hermano? ¿Quieres que tu enemigo se vuelva mi enemigo en mi propio corazón?

–Quiero saber si los seres que vivieron un tiempo te impresionaron vivos o solamente muertos. Quiero saber si la violencia del universo te golpea antes o después de la noche. Quiero saber si siempre has amado a los déspotas.

–Amor, amor.......... Escúchame. Puedo alzarte de peso y arrojarte al vacío del Claro. Puedo negar que has estado aquí. Puedo ofrecerme todavía para romperle los renos a la Grecia. Pero la muerte y la vida son una sola materia, y no haré mi pensamiento, y no te daré guerra.

–Así estás entonces desde que llegué.

–Te has expresado bien. Tanto de duda, tanto de amor, y el odio que crece... Alguna vez terminará la alegre cucaña. Alguna mañana explotará, en el mismo mal de la vejez. Y será un día de sol, como el día de la gran sangre... ¿O los pastores no meritan el sol?

–El aire brilla y no hemos dormido. Es mi culpa, nepote... ¿Cómo harás hoy? Tus cuginas de otra carne

te esperaron vanamente anoche... Sabían que estabas conmigo y que no irías... pero ellas siempre esperan, sin conocer qué. Ahora te tienen a ti, y a ti seguirán agarradas, mientras vivas, lejos o cerca...
—Tú no te hablabas con ellas.
—Has advertido. La Morsiddara. La Morsiddara es fuerte y malandada... como todas las cosas que de ricas diventan pobres... y el hombre se siente más acanido a su cospecho... En otros tiempos, de ella sacaban achicoria y radicha amarga para varios días... frutos amargos... Son tierras de abandono, de piedras formadas, de arcilla ligera y plantas que no tienen nombres... tierras más corposas que las sombras en la Sila... Fueron los litigios que la empobrecieron... y la tierra entonces se cruzó de brazos ofendida, y las piedras las tienes en el pie a cada paso... La Morsiddara... que se la lleve el río... o algún día será demanio puro...

—¿Pero sabes dónde estamos? La palabra nos perdió, o nos perdió la epicúrea alba...... ¿Puedes decirme, puedes decirme si hoy será un día más claro para todos? ¿O encontraremos en la puerta de casa a la propia muerte que nos reclama?............. Mira, los buitres están sorvolando la comuna... Este vico, este vico, si lo sigues bien, te llevará a casa de la abuela... Vete a dormir un poco... La abuela pronto se alzará. Por mí no te demandará, y si te demanda, le dirás que no me has visto en ningún lado... Conmigo callaste, y con ella también puedes callar. Tío Antonio te lo pide.
Y me dije: te llamaré tío Antonio.

El vico ya era amarillo cuando llegué a casa de la abuela. Las puertas estaban siempre sin llave: nada escondían que pudiera apropiarse el rufián o el cotraro aventurados de noche. La abuela ya estaba despierta y farneticaba como un topo escondido en el catarrato.

Hubiera querido preguntarle si le había rogado a alguien y si el sueño había aparecido para socorrerla, cortando la noche como se cortan las gargantas de los niños inocentes y los pulsos de los mendicantes. Pero la abuela se anticipó y desde arriba me dijo, casi sin respirar: "¿Dónde has estado? El tirano, ¿qué dice? ¿Ya te ha hecho la historia del hijo santo, ya te ha hablado del hombre con la sangre en la boca? Ven, que ahora te cuento yo".

Me senté sobre la cama que me habían dado. Las piernas me dolían, mis flancos estaban fatigados. Y recordé que mi madre, antes de partir, me había dicho: no mires mucho, porque te dañará, y no escuches mucho tampoco, porque las familias son un mundo pero el mundo no es familia y la distancia no es capaz de aminorar el odio, el estúpido odio. Y ahora, a cada momento, la visión de los días ya pasados en el país se hacía el dulce tormento voluntariamente buscado. Los hechos todavía ocultos me lastimaban, con la sustancia de los cuerpos duros. De la memoria a la dispersión había un breve paso. Y dispersos eran aún Testuzza y Nicodemo, el Claro y Vastasu, Filipo y los dieciocho teserados del año veinte.

¿Y la familia? La familia se había fundado cuando

el siglo iniciaba y después cada uno se había alejado, en la pasión de mezclarse o dejarse. Una cierta residencia me había dado ya un cierto conocimiento: de parte de madre, por ejemplo, nos llevábamos las manos a las espaldas, y el pulgar de la mano izquierda se articulaba como otro demonio en la rama paterna... Un poco más comprendía al resto, un poco más olvidaba también el pasado propio. Hacía entonces el romance, como siempre ha sido, de unos que enriquecieron y de otros que se darruparon, de unos que se amaron y otros que disperaron de soledad. Pero todos habían sido, todos habían experimentado la ligereza del nuevo mayo y el estar invernal. Todos eran la fabulación, la historia, y una y otra podían reconstruirse como el cuerpo del santo desde su dedo, guardado en una caja, progresando por los miembros y llegando a la cabeza.

Busqué la posición del sueño. El frío del amanecer me hacía un bien. Era imposible asegurar: esto no es verdad, aquello se ha roto para siempre. Era absurdo ceñirse a la oscuridad del presente, era absurdo ignorar los viejos males. Ninguno de nosotros había prosperado en alegría. Tierra o ciudad no nos habían hecho felices. Tierra y ciudad, nombradas a lo lejos, como se nombra a la muerte, sin palabras, señalando las ventanas hacia la altura o hacia el mar, siempre más allá, siempre del otro lado.

Y algún día iríamos, algún día nos llevarían, como decía el tío. Debíamos avanzar, avanzar. A la humillación del movimiento seguiría la esperanza, el nuevo error, el verdadero escándalo, el escándalo más íntimo. Y entonces quedaríamos claramente desposeídos, como si hubiéramos decidido matar, con la pasión de la catástrofe, sin la tierra, sin la ciudad que una sola vez te ha tocado vivir.

Y cuando desperté, la abuela estaba sentada delante y me miraba sin fijarme. En su modo, había una ligera armonía de juventud: se arreglaba el pelo, y era orgullo, con el gesto de otras mujeres que tampoco habían sido vencidas.

—Te doy las gracias por haber venido al país, yo también —me dijo. Estábamos solos Antonio y yo, estábamos solos...

—Pero no siempre fue igual.

—¿Has estudiado las cartas?

—Tú ordenaste, tú desordenaste...

—El pasado es locura, y toda locura aumenta a cada respiro.

—¿Recuerdas las fechas?

—No. No hay tiempo en mi mente. Son los colores que me dan el placer... ¿Ves? Una es más amarilla que la otra, pero no sé si es más vieja. Las letras son como los hombres. Pero si no lo tocas, el papel resiste a la muerte, y el hombre muere aunque no lo mires.

—Poco he comprendido de las cartas... Me parece una lengua dura y abatida... Y el cuerpo también responde a la lengua...

—No hables como nosotros... No aludas sin decir... No digas la verdad que nadie quiere escuchar y que tú mismo no sabes...

—Ahora me reconozco.

—¿Te reconoces? Si no tienes hijos, ¿quiénes recogerán todo lo nuestro? ¿Quiénes hablarán de ti y de tus días, quién cubrirá tu tumba de flores y de lágrimas?

—El abuelo tuvo hijos, pero escapó. Somos iguales.

—No, ni los perros. Tú eres bueno... eres bueno... Aceptas sumiso a tu tío, me aceptas a mí, aceptas a los desgraciados... Aceptas este país, horror de mundo... Te agradezco otra vez......... ... Antonio... Antonio ha hecho la vida de tierra a tierra. Nadie probó piedad de él, nadie le habló a los oídos cuando los brazos se le inflamaban de llagas........ Y yo, que soy la madre, un siglo de hiel he vivido, porque si tienes a alguien lejano te hieres a ti mismo... La hiel de mi esposo, la hiel de mis hijos, que hicieron la vida en otros lados........ Y el país, el país se muere como una religión oscura, y no alcanza este sol a salvarlo............................ Pero no desees la muerte de nadie. ¿Tú no crees que algo siempre viene después?... Porque subiremos de nuevo a las tierras... y la jornada pasará como pasaba el haz de leña por los hombros de Vastasu... con la tranquila fuerza que te llega del suelo... y te lleva por los aires... sabes.

Seguramente, ahora la abuela se lamentaría sobre el tío malfactor o diría que todo el mundo es país, pero un color de vida renaciente me hizo esperar otro argumento. Recuerdo su mano sobre mi rodilla. Entre los barrotes de la cama, me acomodaba los pliegues de los pantalones, como quien tiene tanto que hacer. Callaba un momento, fijaba siempre el mismo ángulo de piso, simulaba levantarse y no lo hacía.

Entonces me dijo: "Si te esposas... vuelve... que quiero conocer a tu mujer".

Y después de horas, un fragmento de vida entró por la ventana. Eran cuatro muchachos que pasaban siempre por el vico cantando canciones bastardas. Uno se llamaba Rino, me dijo la abuela, y tenía el estampo de los hombres del norte, alto, magro, rápido.

–¿Quién es ese Rino? –pregunté.
–Nadie.
–¿Nadie?
–Nadie es quien no tiene ni padre ni madre, y un día fue dejado a la ventura de una mujer que le diera leche y un hombre para el cognomen.... Pero el hombre no quiso, y ella fue madre y esposa... Créeme...
–¿Por qué no he de creerte?
–Es noticia de vieja, que llora por lo que dice y por lo que le dicen.
–Mientras tanto, recuerdas.
–¿Y más tarde? Ahora que me has conocido, ¿pensarás que he vivido?
–Tú también eres buena.
–Me sonrojas. Mereces un higo.

Los higos estaban escondidos en aquella otra caja al costado de la mesa, junto a ropas del tío y copas dañadas, y una caja más de lanas vacía. Y cuando las manos de la abuela se separaron de ella, me parecieron preciosas y únicas gemas, a las que debía acariciar antes de aceptar el obsequio. Aquel higo también podía ser guardado en el bolsillo y que se adornara de polvillo, formando con él un extraño fruto. Ambas ideas pasaron por mi mente.

Pero la abuela me obligó a comer con su mirada. Era un solo higo, otra vez. ¿Cuánto tiempo tenía para llevarlo a mi boca? ¿Cuánto tiempo si quería destruir la cubierta de azúcar propio que me aguzaba las encías? Y el higo no sabía a cerrado, y era un milagro, sobre el cual nada debía indagar, como sucedía con las manzanas en el armario de mi madre: mi condición de extraño lo pedía así.

Y extraño, todavía escucharía otras revelaciones. La ley más común dice que se ha de ser una sola persona, en la casa y en la calle, entre los semejantes, al exaltar o después de cada miseria. Pero si vives más allá de tu país un cierto tiempo, aprendes que es posible despertarse uno y acostarse otro, simular la fragancia de los ángeles o compartir la desidia por la muerte, y también inclinarse ante la nueva desgracia, física o espiritual. Aun si vives en tu país, pero extranjero.

Así, comí el higo y observé.

VII

Estaba exaltado, como si el higo fuera un capullo de alcohol. Los rasgos de la abuela, un poco violentos ya sobre el muro del vico, eran casi inaferrables. Y yo no sabía, no sabía si aquella luz existía para ella.

—¿No ves, abuela? —le dije.

—Sí, lo necesario... Aunque a vueltas es mejor no tener los ojos... ¿Sabes qué está pensando tu abuela? Pienso que ahora empezaré a hilar como en los viejos tiempos, y sabré las estaciones por el lunario del santo... Pero ustedes han leído y han caminado, ustedes no escuchan a los viejos... Y peor son las viejas, que quieren contarlo todo................. ¿Tienes concepto de la vejez? ¿Qué lugar me das en tu cielo? ¿La piedad, el silencio?... ¿Me permitirás que yo te dé la fantasía? Y no me preguntes si mis dichos son ciertos o he querido lusingarte contando lo que me dijeron y algunas cosas más que no me dijeron y que puedo contarte de igual modo.......... Y no bostezarás cuando llegue a la fatal consumación de las vidas... y me olvide quién ha sido el asesino... Y quién ha sido la víctima… quién avanzó y quién perdió todo cimento para la casa…

"Y Antonio, ¿es mi asesino? Un día me matará y colgará mi cuerpo como un capicuero o un cordero… ¿Te habló de mí? Antonio piensa que nunca moriré… pero la muerte me acompaña desde hace años… Mira, mira la escalera… Son veintisiete gradinos de muerte bajo mis pies. La casa ya estaba hecha cuando nací y ya comentaban los balzos en el aire de viejos y cotraros donde la escalera enfila a la muerte… porque cada balzo es la muerte, caro parente…

"Prueba a subir tú, y después baja… Llegarás al punto. Si subes, pondrás tu brazo derecho contra el muro, y te volverás al otro lado con todo tu peso restante. Nada te sucederá. Solamente sentirás un poco más tu corazón, que siempre salta, y también a tu edad. Al llegar arriba, cuídate de dar vuelta la cabeza, porque puedes tentarte y caminarías hacia atrás, como los niños buscando el centro de la tierra. Haz lo que debes hacer, y si tienes que bajar, entonces encomiéndate. De nada te servirá la necesidad, que es distinta de la tentación. El brazo izquierdo no soportará el cuerpo que desciende… y es un misterio que nunca toqué… Apoyarás el brazo derecho en el aire. ¿Y qué es el aire? El aire es un traidor, y te deja los miembros solos y abandonados a la malafortuna de los pies desmandalados. Es el cuerpo o el aire, es la vejez o la estación… pero no sabes qué hacer. Llevas tu pie al gradino, y ya tienes el mundo bajo los ojos, el valle y la Límina, la Marina y el Claro, el cálatro y el Tórbido. Toda tu vida y toda tu muerte, y los padres y los hijos y la madre y el hijo…

"Es bueno entonces que no recuerdes más, es bueno que nada te seduzca del pasado... La sangre escapa de tu cabeza... No des otro paso mientras no sientas de nuevo que te llamas como te llamas y que todavía vivirás un tiempito solo o naturalmente acompañado... Después, llevarás tu pie derecho hacia adelante. Tomarás otro gradino, pero tampoco confíes. Tu peso ha aumentado con el esfuerzo y el temor... Tus músculos son botas de aceite de todo un año... Afirma el pie y eres tú... Desciendes... me darás la mano..."

Y la abuela me ofreció una copa de coñac. Nada me obligaba, y sin embargo acepté. Aceptar era gentileza, y la gentileza nos hace menos oscuros con nosotros mismos. O acaso sentía el placer de anticiparme a las Pascuas y de violar la prohibición que tío Antonio había establecido por su cuenta. Pero con ella era distinto. Sólo me serviría una pequeña medida.

Las manos le temblaban, pero ni una sola gota le escapaba, retenida en el milagro de la vejez perfecta, que todo ve y todo siente. La abuela era digna de amor, porque sostenía las fiebres de Antonio y revisaba sus ropas gurnas buscando señales de mujeres repudiables y de alcoholes bárbaros, más allá del vino rojo de la región. También su memoria era digna de amor, porque narrar es amar, y ella al contarme me amaba, me amaba como me amaban los amigos de la pubertad que confiaban a mi silencio sus primeros magnicidios de tristeza y de libertad. Debía corresponderle, debía seguir escuchando cada concepto suyo. Debía perderme muchísimas veces todavía, hasta encontrar en ella, o fuera de ella, la palabra más terrible.

—Cuéntame la historia de Nicodemo, cuéntame la historia de Vastasu —dije.
—Pide permiso al padre, pide permiso al hermano.
—Las historias son de todos.
—No. Las historias tienen sirvientes... personas vivas y personas muertas que debes respetar... falsos testimonios y amorosos desengañados... los que gozan el raconto y los que se levantan de las sillas...
—¿Me contarás?

"Siéntate, siéntate y escucha... Primero fue el preludio, ahora es la cantata. Te contaré la historia, una historia... desde el bello principio... porque ya se me hace un poco de orden la memoria... Tú puedes creer que ha sucedido, o que el deseo mío endulza o embrutece a los seres racontados... Tú puedes creer que el lugar de los hechos ha desaparecido o que un hermano se devoró al otro y un hijo destruyó al padre con la falce en alto... Y en cambio, yo quiero decirte lo contrario... Quiero decirte que algún paseante se demoró en los bivios del camino, quiero decirte que aquella mujer no existió demasiado tiempo después del hombre porque lo amaba mucho...

"Escúchame... Cuando yo tenía veinte años, mi familia usufructuaba una mediana felicidad de trabajo... y era dueña de algunos podercillos en el país de

Cinquefronde... mientras había personas que enloquecían y quemaban los telares y los hombres de los entornos se iban como siempre a las tierras bailarinas del algodón y el grano... Uno de ellos se llamaba Roque, y los padres eran famigerados en este país porque habían estado tantos años en jornada de nupcias... ella, resplandeciente como una mañana de julio... él, diciéndole a todo el mundo que no se partiera las venas vanamente... tan atacados a la vida, contaban... El padre de Roque era paladín de campesinos medios... y como siempre ha habido déspotas y mártires, cristos y anticristos... y por entonces los límites entre los unos y los otros eran más establecidos, y si alguien los pasaba recibía la cólera del opuesto, joven murió, después de una somosa, comido por los cuervos en las alturas, adonde fuera llevado para ejemplo...

"Y Roque me pidió en matrimonio cierta vez que estuvo de retorno todo un año largo y también otro medio año, porque su madre lo lloraba y lo lloraba, como es siempre de las madres... Y en el ludibrio de las despedidas, nos casamos... y después de algunas jornadas floridas, al hombre no lo he visto tres veranos... Entonces ya encontró al hijo Antonio crecido que buscaba azardado las puertas y las puertecitas... Lindo cotraro has hecho, me dijo... Y se fue por cinco años más... Y hubo el hijo más tarde nominado Vastasu, tan robusto como Antonio... A la tercera vez había nacido tu padre, que por ironía recibió su nombre... Y algún otro viaje pasó, algún otro hijo muerto a los pocos día de luz...

"Te decía... Roque fue el marido mío, el marido

que muchas mujeres tenían y no tenían... Al principio, pensé que vivía sin mí y también sin mujer alguna... Pero otras mujeres en mi situación tomaban a hombres pobres y errantes para sus cuestiones... porque la lejanía olvida... y pensando pensando, comparando comparando, comprendí que Roque era ya de todo el mundo y que me desordenaba la vida... Pocos lo veían llegar, pocos lo veían partir... Me preguntaban por él, y mis manos hacían milagros y contestaban... Vuelve, vuelve, pensaba... Vuelve, y te diré la respuesta que me guardo... Te diré que no quiero más hijos tuyos y de nadie y que maldigo a la naturaleza porque ellos no se forman solos como le sucedió a la inmaculada... Y no manches más mi cuerpo... que no quiero hacer más lágrima de él... Y seré como los leños de donde salen las travas de esta casa... no seré mujer... Y esta casa será casa mía y de mis hijos, nada más, nada más... Quédate en los países donde si quieres divacar lo puedes hacer sin temor de que te observe la vecindad, y si te buscan para comer te llaman parejas veces... Vamos, quédate... y que los intestinos se te mezclen a la mente, de modo que nadie pueda escuchar tu pensamiento sin llevarse la mano a la nariz y que tu corazón se alimente de restos y tu sentimiento repugne a tus amigos...................................
Y en el sueño, el valle estaba bajo el sol... y cierto hombre andaba por los vicos... como el mismísimo demonio... y sólo el demonio podía ayudarme .. porque le pides a Dios y primero te pregunta qué hiciste de tu vida y qué quieres hacer ahora con el beneficio... y le pides al hombre y es un lobo que te cobra la san-

gre... Pero le pides al demonio, y él te concede en el momento y a cambio te pide, te pide todo para después de la muerte, te pide el alma y el nombre, y tú le das todo, pero ya viviste... y el demonio está contento, y tú estás contento...

"Pero a Roque no me atreví a hacerle frente... y te contaré también que por vindicta me volví redentora... Sí... Tu abuelo partía... y cada vez que partía, yo me extendía en la vita y me reducía en tierras... Un hijo más, un predio menos... Quería repartir, repartir, alegramente... por unos pocos sueldos... Y los hombres venían, necesitados, viciosos, encuriosidos... Tratábamos de palabra.... Y el notario transcribía a la carta... finos caracteres apresos de memoria... como los anatemas, como las glorias... que ya se escribieron y se seguirán escribiendo varios miles de años por delante...

"Cómo me divertía... Registra tú, decía yo... una firma mía puedes inventarla, pero no puedes saltar sobre los campos como el sol sobre el mundo, no puedes hacer crecer la vida en la guerra. No puedes legiferar el futuro de los muertos... ¿Qué poder tienes, querido basilisco, querido don bártolo?

"Y yo fui mujer sola... Nadie me tocaba, y menos el alma... Ordenaba... como una principesa... Forse me obedecían... A veces, me preguntaba si era cierto que Roque había existido... Si alguien se va del país y es querido... las cosas saben de él... Abres una puerta y encuentras el último rincón donde abrazó al hijo y lo besó entre lágrimas... Bajas a la plaza y su mejor amigo se le parece como un hermano desconocido... Otra voz del sueño te dice que mires la valija pronta y cerrada en sus manos, la ropa revuelta de fugitivo, los frascos y el tornasol del aceto... No me pasaba así con Roque... Era sólo una sombra de amor, abautizada un día en el placer que acompaña siempre cada cosa natural...

"Tu abuelo, entonces, se redujo a las cartas que has visto y a los hijos que me dejó... Y te confieso... Tu padre era el preferido y esa es mi culpa con Vastasu y con Antonio... Alguna explicación había... Tu padre nunca me afrontaba... Tu padre se estaba a mi lado atendiendo el hilo de mi existencia... Tu padre ocupaba el lugar del esposo............... Pero está mal sentir más por unos que por otros... No lo dices, y el hijo menos amado se hace oscuro... Era el caso de Vastasu, porque Antonio vivía en disparte, como un lobo... Cada palabra mía, dicha o no dicha, le cargaba un poco más las espaldas ya malditas... Cada puñado de habas que le daba le mataba el estómago... Y sin embargo, se hacía el tiempo para jugar con los hijos de las familias vecinas, y yo nunca sabía si regresaría o se quedaría a goder por esos lugares la edad que no tiene pasado... Y sé que tomaba con gusto cabalgar bajo ellos, que se calaban fuertes, como si Vastasu fuera el pilar del monasterio...

"Lo querían, lo querían bien, pero debes saber, debes saber............ Cada familia en este país tiene el bruto nombre por el color de piel o el oficio, el vicio o la virtud... No importa si el origen fue bueno o malo, si la familia es honesta... si alguien trabajó de día o trabajó de noche... Te llamarán rojo o beduino, harapo y orbo, fistularo o zapatero, avaro y macerado... Y al comienzo protestas, o tratas de no escuchar el nombrecito que te han apichicado... Después, te preguntas si es ofensa si es injuria si es cariño... y el orgullo de tu diferencia te alcanza y les repites el nombrecito a los parientes y un día todos se canzonan reunidos y aun dicen algún agregado o alguna estorpiadura que hace más duro y frenético el nombrecito... Pero una cosa... una cosa es el nombrecito... y otra cosa... otra cosa es la burla, la befa... Y la burla también es parte de la vida nuestra... Todos se burlan de todos... los danzarines de los zopos, los zopos de los viejos, los viejos de los santos, las vírgenes de las mujeres libres y las mujeres libres de las casalingas............ Y después de una burla que no se puede decir... una burla que le hicieron a Vastasu... Antonio le dijo al hermano: defiende tu dignidad de rojo... porque nosotros somos los rojos... y es rojo tu tío y era rojo tu padre después de alma... rojos todos. Y si abusan otra vez de ti, le dijo Antonio a Vastasu, grita un solo grito, y yo estaré a tu lado en el acto... Y la ocasión llegó, diversa del pensamiento de Antonio.

"Fue en un átimo, como dicen que llegaban los nobles a sus propiedades y le echaban el ojo a las mujeres y se las godeban la primera noche de matrimonio en las barbas del marido... Había un joven llamado Romagnolo... que era del norte y aquí estaba confinado por razones ajenas al estado... Romagnolo buscaba la amistad de los jóvenes nuestros, y aun decía que de sangre nos era pariente lejano.... Escribía con yeso las paredes... palabras tedescas o francas, españolas, turcas... Había recorrido mundo él también... y en el país campaba de la caridad y apenas disimulaba a cambio de algún trabajito que le era permitido... Y los muchachos lo respetaban porque sospechaban otro mundo suyo, forse la causa de su destino...

"Y Romagnolo era digno de piedad... pero los seres dignos de piedad pueden ser cativos... Y es que Romagnolo sufría cuando alguien atacaba a los perros, a los mulos, a los puercos... Una sola palabra contra ellos lo llevaba al aguado, y antes de los hechos propios todo su cuerpo conmovido fiutaba en el aire y posaba los ojos sobre el ofensor............ Y Vastasu, que era bueno con los mulos, alguna negrura también la tenía en el alma, y un día la negrura le dijo: estira tu puño contra la obtusa mula de los Barillaru, que nunca recibe a la gente como las mulas bondadosas... Y si no cede, y te cocea, aséstale el durísimo golpe con la pata que le haga envidiar vida de hombre... Y comprenderás que la mula no cedió... Y la patada de Vastasu fue tan eminente que Romagnolo se sintió herido como otra bestia... y fue la conciencia del inconsciente... Y no sé si eran instrumentos de trabajo consentidos para él... las leznas y las pinzas, las tenazas, fórbices y lamas en poder suyo...

"¿Y cómo ha podido Romagnolo guardarse el odio tantos días bajo la camisa? Tantos días... hasta que Vastasu le dio la espalda en alguna soledad del valle... porque Vastasu había vuelto natural a la mula y la mula tampoco tenía memoria... y se amaban de nuevo, aceptando cada uno su parte, como en todo amor... Y está claro que Romagnolo no perdonaba esa clase de fedeltad... y puesto de flanco Vastasu, se aseguró si estaba con la mente enamorada en la mula, y se acercó y lo mató.

"Y Vastasu murió fuera de mis ojos... y nunca he querido saber si fue por filo o por peso......... Pero alguien vio y Antonio indagó. No era ilusión: Vastasu estaba muerto y Romagnolo escapaba... Y Antonio buscó entre rocas y esperpentos de tantas otras mulas y personas... y no durmió quince días y sus noches, y encontró y a su vez mató...

"Y después hubo que pagar, no mucho tiempo... y Antonio se fue por esas partes... y su familia propia lo siguió, por más que la mujer ya fuera una infeliz..."

VIII

"No, no hemos tenido fortuna... Dómine dios nos ha mandado un infortunio después de otro porque no le rogamos.... Sabes que yo me hice miscredente... porque si te muerden, muerdes... ¿Es que alguna vez Dios llegó de la montaña y avanzó por el río a mi llamado?... Tus cuginas ruegan, yo no quiero rogar... Rogar es maligno... Y si no tienes nada y has tenido antes, y ahora ruegas por la familia, puedes consumirte de vergüenza... Después rogarás por ti solo... después serás el aguzino de otros miserables, y defenderás al verdugo, y fornirás, fornirás tu propia comedia...

'Fíjate en mis manos... Nunca tuvieron adornos y suavidades... Las venas son más gruesas que los huesos esporgentes, y los huesos me traspasan la línea de la piel... y un poco de sangre en las uñas agrega dolor a mi dolor... ¿No forman la miseria mis manos? Fíjate, fíjate en mis dientes, que se me han ido con los bizcochos...

"¿Y no forma la miseria el intónaco desgarrado en los muros como un espíritu? El espanto de alzarse...

las lagañas de cualquier hora... las minestras de legumes y de grasas... el cajón de las lanas vacío hace inviernos... los leños donde ya no cuelgan los capicueros... Nicodemo extinto... Vastasu en tierra... las lunas de prigionía que apenas nos alumbran... los vasos negros y las cenizas esparsas... el saludo que nos decimos para sabernos vivos, cuando nos levantamos contra Dios, sin decir el nombre de Dios............. ¿Por qué ocultarte la verdad? Tus ojos ven lo que somos, tus oídos están al aguado de las bestias...

"Me has hecho hablar mucho, me has hecho vociferar... Casi no lo pediste, es cierto... Mía fue la voluntad............. ¿No tienes hambre ahora? Has comido sólo un higo a la mañana... bebiste una línea de coñac, y el alcohol da calor, pero no es caliente... porque se bebe un poco y la sospecha del frío vuelve, como altretantas sospechas que guardas en el ánima... Necesitas una focaza, necesitas la leche que una vez teníamos pronta de las bestias que andaban por los vicos como personas...

"Te decía, te decía... Después de partido tu padre, sola quedé con Antonio, y Antonio se acordó más de mí... Forse era la culpa que asale a todo humano cuando le llega el tiempo de pensar la vida, y cada soprasalto del corazón es la muerte, y cada llamado a la puerta guerra nueva... Forse la impresencia del hermano le daba satisfacción y se sentía el hijo único, el amado hijo... Antonio había aprendido alguna lección y me alzaba del lecho como se alza a una niña y me anunciaba que el cielo ese día era un cuervo o una alondra, o que debíamos hacernos a la idea peor. Y entre los dos establecíamos las cuentas con los antepasados que habían comenzado nuestra desgracia y los mandábamos al infierno como una novela, porque si lloras mucho a los muertos, odias a los vivos... Y en el infierno había ya una larga teoría de maestros y discípulos... el caro Santo, que había salido a la puerta una mañana y le deshonraron el rostro... el ignorante Cósimo, que se proponía matar a los puercos entonando un ave maría... el delictuoso Genaro, claro de amenazas... el ingenuo Filipo nuestro, que no nos dejó ningún rastro de su vida.... Y Antonio pronunciaba los nombres y las hazañas con la fiebre de nominar, y yo vibraba en secreto, porque en mí volvía el orgullo que era la oscura envidia del país, cuando nos miraban pasar y nosotros, altos o bajos, sanos o chancados, nos sentíamos los primeros entre todos...

"Sí, éramos los primeros... cabeza de procesión con el santo, porque el santo es otra cosa, el santo no es Dios... grandes ilusos de alegría en el carnaval... Teníamos las cantilenas para entonar... y las decíamos ordenadas y en fila... una a una... en la voz querida por la costumbre............... Todavía, todavía me alborozaban los muchachos que llegaban por los vicos de abajo.... Y lamían los rosarios como si fueran chambelas... y sacudían las panderetas como panes bien levitados.... Venían a comer, es cierto... pero el espíritu... el espíritu les agradecía la intención... Yo les ordenaba que me elevaran, y me elevaban... y el mundo parecía grande... no más grande que el valle donde vivimos... y podíamos avanzar, a la ventura... entre nieblas de santos y disparatorias... Y era un sueño de libertad... que te daba ganas de llorar, y la muerte era algo remoto... Escasa altura te radrizaba sobre los otros... pero te aclamaban... y pedías que algún enemigo se atreviera entonces contigo... Y en esos días estaba permitido que uno se empinara sin pudor, y entonces discernías sobre las cabezas de cristianos... enfermos, tímidos, brutos, permalosos... de todos los colores... Parecían mirar recto al campanario... y en cambio dejaban escapar un ojo abajo... y así algo indagaban de las vidas... Y me pasaba que entre los espiones se aparecían Romagnolo, Vastasu, Roque, mi madre, ausentes de muerte... en el dolor de la visión...

"Y el bello viento me animaba... y guardaba más allá de más allá... donde los países se confunden con las ciudades y las ciudades son blancas como las palomas y rosadas como el cielo matutino... Partiremos todos, me decía... volveremos a los viejos respetos... alumbraremos los caminos con las fiácolas que le quitamos al santo... Toda cosa, toda cosa será una misericordia.............. Pero dónde estarás tú entonces, te digo a ti... Alguna tierra te habrá recibido... pero tu voluntad de morir en otro lugar no fue entendida por los parlamentos... ¿No quedarás a mitad de camino, con la gola en el mar y los tobillos sobre la montaña?... ¿Y dónde estará tu corazón? Porque tu corazón quiere posarse bajo las frondas que protegen al tronco antiguo, y también quiere ser destrozado por las fieras del bosque...

"¿Vivirás, morirás? Prométeme que hasta entonces nos pensarás... prométeme que covarás un poco del calor que te hemos dado... y lo pasarás, lo pasarás a tus hijos y a tus amigos... y dirás que es tuyo, que te nació de un buen y un mal pensamiento... del duelo de un viejo pastor con las bestias... de alguna brava estocada delante de tus ojos... de las miradas traidoras a tus espaldas... de todo lo que es nuestro y también es tuyo... Y puede ser, puede ser que una mañana te ataque la divina proporción de razón y senso... los miembros de una sola melodía que te acomode una parte y otra parte de tu cuerpo... y todo ese cuerpo con el enorme cuerpo del creado..."

La mezquina hambre me había pungido durante el relato, pero ahora se retiraba con la abuela y en su lugar quedaba el sabor del higo modificado. Acaso era el coñac, porque no acostumbraba enjuagarme la boca como lo había hecho largamente esta vez, y toda la lengua y todas las encías se sentían tocadas por un dulce fuego que no disminuía. Bella ironía si la abuela me había servido errónea, por distracción senil, y me venía una muerte. Y me pregunté si la abuela no había huido al sospechar mi sospecha. Una sola mirada suya me hubiera bastado para saberlo, porque ella no dedicaba más a cada cosa estable o fugitiva, irreal o cierta. ¿Y qué es la mirada de una persona sino el mal que está conficado adentro o la belleza desesperada y apenas atisbada, la belleza que se descubre pasada casi una vida? El placer de las sombras, la tentación del crimen contra el esposo o la esposa, la amenaza de muerte para todo el mundo, la condición de extranjero que te permite averiguar, el recibir tanto odio como amor se rechaza del otro: todo, todo sale por los ojos. Pero no hubo mirada, y fue mi propia mente que redujo el temor en el instante.

Y pensé que Antonio seguiría extrañado en esos vicos: elegía la mañana, según la estrictez de los hombres de la región antigua en la viril necesidad cuando están alejados de las guerras. No era el joven bellimbusto que lusingara a las vírgenes. El amor del cuerpo, el amor del alma, ¿cuál de ellos le asaltaba con brazos más violentos? Y otra sospecha me alteró de golpe: ¿qué pensaba de mí el tío en esta cuestión? ¿Me consideraba igual hombre, hermano de deseos y de divietos?

La abuela estaba otra vez a mi lado, y me miraba las manos, como se mira a delatores o justicieros. Y justamente parte de delator tenía yo, porque toda vida diversa a nuestros ojos inspira el sentido de un extraño fenómeno universal, y de él queremos recoger la repentina exhalación o su peso disparado al aire. También tenía parte de justiciero, y era conmigo mismo, en cuanto mi viaje indicaba el criterio de excavar en la infelicidad humana, de separar algo que ya estaba desgarrado entre tierra y tierra, y de los hombres que residían aquí y allá, guerras más o menos abiertas y sangrantes, pacificaciones colmadas de furor y de injusticia, ocios y trabajos delirantes habían desencadenado la insolente y prematura vejez o el cinismo del dejarse estar. ¿Pero era posible apropiarse y desapropiarse de objetos también universales y sobre ellos construir la íntima veneración? Yo quería reparar buscando la historia de familia y que ella me trajera por natural derivación la historia de todos los hombres y el juicio a sus errores, o aun a la perversa ingenuidad de mi propia vida. El olvido también, la corrupción, o cualquier otra forma del saber. Varias veces había pasado de la esperanza al caos, de la pureza al infortunio. Varias veces me había devorado el cuerpo, cerrado al sol de la juventud, a la pasión de otras manos, a la carnalidad magnífica. Y si nunca se ha sido tocado, ¿qué se puede intuir de aquellas historias y de estos errores y cómo es posible comparar los grados que corren entre la felicidad y la ignominia, entre el delicado respeto y la furia de poseer?

Y la abuela me meditaba. Callas, buen silencio me parece, decía. Te conocí por un solo gesto: hablaste con el tío, con él estuviste y también lo dejaste al amanecer. No lo anunciaste. Yo te pedí acaso por experimentarte, pero una vuelta de llave se hizo sobre tu lengua... Eres fiel, eres avanzado... Y si tu madre vive todavía, ¿por qué no te alimentas de ella? Si lo haces como un niño blanco y premuroso, te apretará contra su pecho... También yo desearía apretarte... ¿pero qué puedes tú atrapar de mí? Te lastimaría, y mi misma vita se sentiría ofesa... ¿O quieres irte ya? ¿Te arriesgarías? Si cruzas el Claro te embatirás con los cristianos más poveretos del país, que no tienen paños sobre los hombros en el invierno y se nutren de sol en el verano... El camino nuevo te llevará a la Marina de levante, donde están las putanas desde que llegué a la vida, y todavía estarán redondas y con la fiebre, la mala fiebre que no te toque... Un poco más de coraje, y verás el mar... el mar azul, un azul que no se cree... Verás el mar, verás el mar.

—Ya he visto el mar al llegar. ¿Pero es azul el mundo hoy?
—Bella demanda me propones... como si yo pintara los cuadros que tenían los barones, con los santos y los amorcillos nudos... No soy nacida en ese mundo... Tú tienes conciencia, tú sabes... Tu padre usaba siempre la palabra y alguna costura de familia has de tener... Sí, es así... Se hace bruno, y te refugias vecino al horno... y entonces te pareces a la rama de tu madre... El tiempo se muere delante de tus ojos, y miras el calvario... y ese es rasgo nuestro.................. ¿Y qué es la conciencia? Una parte del árbol ha quedado seca... pero la fuerza de todo el árbol se repara en las raíces vivas... El alimento nos viene de la tierra y del agua, el alimento nos viene del sol. Los hombres también se secan, y entonces te quedan tres cosas... el hambre... la libertad... y la conciencia............. ¿Y qué es la razón? El hombre dice que un jumento le ha colpido los miembros, y era que el jumento buscaba reposo del trabajo suyo. La razón... ¿es arriba, es abajo?, ¿es la persona, es el jumento? La razón está en el medio, y puedo decirte que ella es el culo de la persona o la espalda del animal, ambas dolidas o dolientes, según la pasta del camino y la fuerza de cada especie................................... Ya te he

dicho una parte mía y sólo una parte... Quédate aquí un tiempo más... Cumple tus planes, que no conozco... Mucho remane por establecer... Pero mi lengua está cansada... perdóname...

IX

No atendí más palabras. Aquel azul me había inquietado y, pasado el almuerzo, con el tío que había rencasado silencioso y la abuela ocupada en levantar la mesa, decidí cortar la jornada y moverme libre en el país. Y en el grovillo que formaban las callecitas, busqué hacia arriba y hacia atrás, en deliberado perderme, como era mi hábito de niñez en la ciudad.

Entonces escuché que algún paisano cantaba el lamento y me detuve a escuchar. Mi oído intentaba comprender el texto. Después me hubiera repetido adentro la melodía. Pero mi ojo, que también quería ver al hombre colmando el valle de una voz quebrada y lácera, no me acompañaba, y no podía saber de dónde llegaba el lamento. Caminé otra vez y, antes del río, la voz se disipó.

Y al girar la cabeza, me encontré a Rino: era uno de los cuatro muchachos que pasaban siempre silbando por el vico. Le pregunté:

—¿Eras tú que cantabas?

—¿Y tú quién eres para demandarme? Yo no te conozco.

—Soy el nepote de Antonio de los rojos...

—Ah, Antonio de los rojos, sí... Los niños lo esperan bajo la iglesia y le piden cucuruchos de dulces... No tiene un centavo... pero de algún lado saca... y los niños se van contentos... Ese es Antonio.

—¿Nada más sabes de él?

—Sé que no tiene mi edad. Sé que discípulos no busca... ¿Vive todavía la madre? ¿La asiste él todos los días, como debe ser del hijo a la madre?

—Los viejos no se ocupan de los viejos, y Antonio y la madre son viejos, totalmente viejos. Ves... Tú no eres viejo y me preguntas por ella.

—Tampoco soy joven.

—La abuela te llama muchacho.

—Así me conoció y en esa efigie me ha conservado. Vastasu fue muerto y yo todavía lo miraba desde abajo... Más de diez años había de distancia... más de un palmo... y algunos litigios que él tenía siempre entre las manos...

—Eres hombre pacífico entonces...

—Soy socialista. Aquí todos somos socialistas, menos Antonio y los hijos de los barones..

—¿Y Testuzza?

—Testuzza... Testuzza no viene a pactos con la realidad. Es bueno y al mismo tiempo es bruto... porque piensa que las miserias del cuerpo son más grandes que las miserias del alma... y nos deja a los más jóvenes la borra por resumir... Te diría... Testuzza es un anárquico... Testuzza todavía espera el alba de la guerra civil...

—¿Tienes padres, tienes hijos?

—¿Por qué dices tener? ¿Quién te obliga a tener, quién te obliga a ser tenido? Padres e hijos se estrapan los ojos... Los hijos odian a los padres y los padres abandonan a los hijos... Si eres hijo, te muestras falaz ante el padre... Eres padre, y das una parte, sólo una parte de ti mismo.

—¿De dónde eres?

—Nunca he salido. Mi país es éste... Lo he encontrado, o llegó, como un estancamiento. Aquí he visto limoneros que frutecen varias veces en el año... aquí me arriesgué en los pasos de las montañas cercando la odorosa hierba... aquí los viejos avoltorios son mis hermanos, porque saben que mi cuerpo les está prometido. Yo moriré en el valle. Si te quedas, verás.

—He venido solamente a buscar a mi padre.

—Ah... Eres sincero... Resulta fácil saberte el mundo atrás. Los hombres sinceros no pueden callar, y están siempre más cerca de la muerte... Te extienden una mano, y ya sabes si es de amor o de repugnancia... te alcanzan el vaso y es el calor o el frío de sus vidas... Tu tío... tu tío no es así... Tu tío, viejo amigo de los muertos... Desde que Vastasu recibió la muerte en el vado del río, él vuelve a las aguas... y ha sido visto cruzando fradicio de vino el lugar donde fue hallado el cuerpo del hermano... como si hubiera pervivido en el cálatro y subiera con la luz a festejar el dolor de los vivos...

Mi cuerpo, mi quieto cuerpo había avanzado y, ya delante, estaban el Claro y el Tórbido. A lo lejos, eran la belleza de las vertientes que se aproximan entre sí, pero sin la fuerza de llegar al mar. Claro, Tórbido: palabras seductoras aun respecto de los ojos. Otro orden, ajeno al ejercicio de familia, otro orden existiría del otro lado, en ciertas partes del país. Así debía ser, así decía la abuela.

Yo era el único viajero presente en el país. ¿Pero había venido realmente a buscar la imagen de mi padre? Mi viaje no respondía a tradición. Tampoco era un viaje de prestigio. No iba detrás de ciudad poderosa. No buscaba compañía de arcadia. La muerte de mi padre me había confirmado que ningún hombre suele estar solo de padre antes que los treinta años le toquen el corazón como un cisma primero. Apenas, apenas entonces se empieza a dialogar en fiducia con el padre. Yo no había vivido plenamente la novedad y ello me resultaba particularmente doloroso e insuperable, porque una fuente se había secado para siempre y ya no bebería sus aguas.

Y otras dudas se me presentaban. ¿Qué hombre no ha vivido la ilusión de otro mundo? ¿Buscaba yo ese otro mundo? ¿Me buscaba a mí mismo en los otros o buscaba otro ser mío en el deseo de cambiar condición? ¿Quién tenía el preciso concepto de lo nuevo y lo viejo, lo idéntico y lo extraño? Algunos hechos irreparables se fijaban en el espíritu de los hombres y confundían pensamiento y decisión. Lo que era nuevo a mis ojos sería viejo para el amigo o el enemigo, y a poco de reconocer brevemente la relativa sorpresa, ella se tornaría también una vieja cosa, una cosa absoluta, de edad aparente, de edad oscura.

Y los ríos, ¿eran antiguos? ¿Habían nacido de una sola embestida, como heridas ardientes? ¿O se estaban formando todavía, hasta que el tiempo contado en eternidad los volviera dueños de la retrotierra y de la Marina, brazos de mares descarnados, terribles sombras? Así como sentimiento y razón, no se podían separar. El sentimiento decidía el sentido de la razón. La razón, abandonada a sí misma, era la condena a injusta impotencia: el solo sentimiento corrompía a los demás. Los dos ríos, de algún modo, tenían nombres, y si la llamada realidad les era extraña, siempre buscaría en mí las dos entidades, rectas o meandrosas, inhumanas en primavera o invierno por abundancia o por avaricia, con el rigor de todo fenómeno natural, de una lumbre, de un delirio.

Y por un momento, nada hubo en mis ojos. En la luz que estallaba sobre el valle, Rino había desaparecido tan ligero como había llegado, después de haberme dicho las palabras justas que me quería decir. El sol firmemente extendido se abría contra las casas amuchadas. Un verde naciente, un verde inesperado y general, llegaba a la baja dimensión, en el pliegue de la montaña – la colina menuda y presa, casi el trazo de un pulgar. Y en la constancia de aquella visión, hubiera deseado que me sujetaran las piernas y me fijaran al suelo.

Ahora, la colina parecía la fuente de un ánima subterránea en las vísceras de la montaña alzada y, así presentada, me recordaba los humos artificiales de los escenarios, cuando el infierno se volvía paraíso y bajo los focos asomaban las ligeras danzarinas de pies sonoros. ¿Cuánto debía yo a los errores de una vieja cultura sedentaria que exhumaba a los muertos y no conocía el ditirambo con el goce de las calles? ¿Cuánta obscenidad había en los pontífices distantes y astutos, en los amantes perdidos en los bosques, en los coros de guerreros y cortesanos que festejaban a los hombres triunfantes?

Pero era más potente la sensación del valle, con las paredes acostadas y entreabiertas y esos techos que alargaban la materia de la montaña. Era más violento el deseo de caminar, el deseo de dejarme llevar en el aire.

Miré hacia abajo. No sabía cuál era el Claro y cuál era el Tórbido. Suspendido, quedé frente a ellos, que eran iguales, secos y puros. Pero temí seguir asomado, y fue un temor a la luz que era piedra y a la piedra que era luz. Entonces torcí mis pasos hacia la casa de las primas.

Mis ojos se acostumbraban, y vi que Rino corría entre los muretos como una lagartija. Yo permanecía sin mudanza alguna, como si no lo hubiera conocido o escuchado nunca. ¿Existía Rino? Algo semejante me había sucedido muchas veces, y ni muerte o sangre ajenas me habían parecido hechos espesos y experimentados por mí. Y de un instante al otro, las proporciones entre el cielo y los muros cambiaron. Aquél se agrandaba y dejaba abajo míseras franjas de luz en los ángulos de los vicos. Los muros se estrechaban como derrotados arcos. Muy pronto, el sol se ocultaría detrás del Carmen: era la nueva estación que mostraba su esencia y después se retiraba, dejando un otoño en el valle.

Ah, la primavera. Ella aparecía como una promesa en el discurso de la gente. Ya soplarían los vientos del África, y los torrentes escaparían de las montañas con la mejor vida que tienen, y todos enrojecerían como las ramas siempre, siempre, las ramas de los maravillosos castañetos, todos enrojecerían despacio, despacio... La primavera. Era siempre el bien, era la buena naturaleza, y si es un bien que te llegue el sol después de la árida noche del invierno, también es un bien que otro pesar ocupe el hueco de tu vida anterior. Es un bien que los amargos desvaríos de la vejez lleguen justo con el cansancio de vivir. Es un bien que el extremo del conocimiento te reduzca a soledad extrema. Es un bien que tu pueblo ame la libertad.

Y si te toca morir antes de la primavera, sediento todavía de alguna pasión, entonces te llorarán, como una joya de la estación que huye, porque todos los lamentos pertenecen a la miseria humana, y el invierno también es miseria.

Y en el aura de profecía de la abuela, sentí como una fiebre, que no era del cuerpo. Acaso es cierto, me dije. Acaso he nacido aquí, y aquí me quedaré. Sobre los pajares, la niña y yo, vecinos de casa, amigos por la piel, una vez, discurrimos. Ella tenía las piernas flacas, el pecho apenas subido, los labios finos y rojos. La mujer ya estaba sugerida en la vaga obediencia que le nacía del cuello y le llevaba la cabeza hacia adelante. Siempre estuvimos juntos, la risa en boca, el pañuelo sin atar, siempre celebramos juntos. Y seguiremos celebrando tantas cosas. No habrá padres, de nadie se llegará, nadie se lañará de muerte. Las familias estarán juntas también, y la antigua división no será una sombra sobre las vidas, como sucedía antes de antes, antes de las mesas perfumadas de frutos y de los retoños vibrantes de luces, antes de los grandes fuegos en las haciendas, antes de las plagas de locustas y de las pestes de todos los colores. Fundaremos nuestras casas sobre bases más duras, viviremos sin preguntarnos qué pasará mañana, viviremos un mundo de paz, la paz de los amores puros y no solitarios. Nadie colpirá a nadie. Dormiremos un sueño en el diapasón del día bien pasado. Y no sólo el mar será azul, sino los cuerpos y las nubes, las ventanas, los molinos. Nicodemo estará en vida, también Vastasu, con los hombros más firmes que nunca. Antonio de pulmones sanos trabajará las tierras renovadas... Las puertas... las puertas, despalancadas todo el año como ricos pensamientos celestiales... Las murras... las murras... repartiendo el placer de la aventura... El mal... el mal... será un buey echado de jarretes... porque ya sabremos qué tiene en el cerebello... el mal... el mal.

X

De nuevo estaba en casa de las primas. Ya no bajaban las voces en mi presencia. Única luz era el brasero. Este rey de corona, según Teré.

—Pronto nos abandonarás. Te has olvidado de la casa —me dijo de improviso.

—Antonio es un poco mi tirano, como dice la abuela —le contesté.

—¿Todavía no la ha matado?

Algún destello de ironía le animaba los ojos. ¿Eran así a veces los ojos de mi madre? No. Los ojos de mi madre eran oscuros, sutiles de discernimiento. Mucha muerte le había atenuado ya el brillo de la primera madurez, y otra pregunta parecía surgir de ellos, la pregunta muda y desesperada: ¿fue bueno que te trajera al mundo?, ¿hubo alguna felicidad en tu niñez?, ¿seguirás ajeno a los hombres del siglo que luchan por el poder? Y la pregunta quedaba comprendida entre nosotros, y yo la guardaba hasta que las ficciones de otra época más clara me impulsaran a nueva fortaleza.

No. Apenas marcada la frente arriba, Teré había

dispuesto sus cabellos de modo distinto, y me pareció ver en ella a otra persona desconocida, que no respondía a ningún recuerdo inmediato, como si se hubiera creado a sí misma, en el giro de pocos días, con una intención de juventud.

–¿Cuántos años hace que Filipo falta de aquí? –le pregunté.

–Ya son seis años. Es sastre, como tu padre, y en el país tuvo su botega sobre la plaza, más llena de parlanchines que de elegantes... y era más la contemplación que el trabajo... y más el pesimismo que las ganas de vivir. Ahora está en Lyon de Francia, casado con la francesa, y la francesa dice pies a las manos y confunde las tinajas con el óleo y los deseos de Filipo con el pan que hornea el padre. Un hijo tienen y el otro murió en el camino. Pero Filipo ya no es igual, porque nada quiere saber del país nativo.... Los casamientos cambian a los hombres y del pacífico hacen una fiera y del dulce amante un tímido decidor de preces...

–Como a ti te cambiaron las tierras en vida de Francisco –interrumpió Yole.

–Ahora dirás que por mí ha muerto.

–No tuviste hijos. Y él, que fue tu hijo, si viviera, estaría echado como Antonio en las cantinas, con el cuerpo abrasado en pleno invierno y el rostro del hambre que te confunde la barba y la frente, los ojos y los dientes...

–Piensas siempre la peor cosa.

–Ya la peor cosa sucedió. ¿No te has enterado por el diario de la casa?

—Hace tiempo que no me place leerlo. Las buenas noticias abundan poco este siglo en el país, y cada vez son más raras, porque el siglo y nosotras envejecemos, y pronto nadie morirá ya... Tú verás el siglo nuevo, querido cugino.

—Hagamos cuentas. Si tienes veinte años, llegarás con esperanza, si tienes treinta te quejarás de tu vida, si tienes cuarenta culparás a la humanidad... ¿Nos dirás cuántos años tienes, o quieres presumir? El cuerpo es un gran engaño, y también engaña la voz, como sucede con Antonio... Buena voz tenía tu tío, como toda la familia... Casi un grito de mañana, y a noche tarda cantaba la serenata con los compadres...

—Ah, Teré... Tu pasión, Antonio...

—No es pasión, es piedad...

—¿Y de mí no tienes piedad?

—Tú eres otra mujer.

—Entonces no me calculas...

—Tú no sabes enfermedad, tú no supiste viudez...

—Tú eres viuda, y sonríes todo el día. Yo no lo soy, o lo fui toda la vida, y a malapena espero la muerte.

—Eso dices, eso haces. Te acercas al brasero más que la propia madre Angela. Un día te quemarás adentro............ ... Sales a la calle tapada como una sarracena. Así, ni ves ni escuchas. Así, pasan a tu lado y no saludas. Así, la iglesia es tu único desfogue... Así, la imagen del santo en el camino te inflama como un loado niño. ¿Por qué no te dedicas entera a él, por qué no depones tu cuerpo con las ofrendas de los frutos y de los oros?

—Me criticas delante del cugino. No eres buena

conmigo. Pero solas estamos y todavía tenemos que vivir.

—¿Vivir? Enemiga eres de mi sueño cuando te revuelves en el lecho apenas amanece. ¿A quién buscas? Los hombres ya no están. Hijos no tenemos. Tu hermana no quiere levantarse tan temprano. Sólo nos espera la comida y la ropa para nosotras mismas. Y murmuras, todavía murmuras contra el joven llegado a la altura de nuestra casa y que llevaba la insignia roja en el pecho...

—Ah, Yole... Desde niña te he tenido en los brazos por la madre que nos faltó pronto, primero malada y después muerta... Creciste rápida, derecha y rotonda, sin vencerte en los flancos o disminuir el pecho, y yo alimenté tu orgullo de belleza......... Y me desposé, y a ti te tocaba seguir la costumbre. Pero ningún hombre consiguió una palabra tuya de amor o de respeto... Te mandaban los emisarios y escapabas como si fueras todo el mundo en una persona. Ningún anillo, ningún vestido, ninguna alabanza. ¿Por qué misterio de sequedad te negaste? ¿O pretendías la gran riqueza que en el país no había, el hombre tan bello como tú, que eres mujer, la familia acogedora, las cuginas dispuestas y amables?

—Me has interpretado mal, hermana... Poco había visto yo del mundo, pero algo sabía por los cuentos, y quise ser sola, porque de largo tiempo la tierra es fuego y la peste de la duda se lleva en la sangre. Y los miserables se enriquecen y son más malos que caroñas, y se venden a las mujeres en los mercados y se comen a los hijos y tocan campanas de muertos cuando estalla la paz.......... Y el ansia de tener se volvía odio, y en el odio desaparecía el dulce tripudio por la gente cercana...

—¿Cómo puedes saberlo todo desde este ángulo de mundo? ¿Y qué harás sin dinero y sin tierra cuando yo muera? Te librarás al viento, te arrojarás como Francisco, te irás a vivir con Filipo, despregiada por la esposa...

—Yo moriré antes que tú.
—Cásate y después te mueres.
—Me casaré con el cugino.
—Espiritosa me gustas más. Un pequeño pasito y nos cantarás como en los viejos tiempos. Alegra a tu cugino, cántale alguna canción extraña a la iglesia...

—Le harás creer al cugino que sé cantar, y no es cierto. Apenas hablo un poco más allá respirando mal, y cambio las palabras del musitar que se olvidan por las palabras que se inventan. Y al final, suspiro otras palabras y ya nada me surge y enmudezco. Tú sabes. La música te dice algo y no te acuerdas y quieres remediar la falta y sólo tienes el concluir de la palabra justa.

—¿Pero cantas o no cantas?
—Déjame que lo piense.
—El cugino se retirará ofeso.
—¿Para qué quieres que cante?
—Siempre fuiste una niña presuntuosa. Los padres te amaban demasiado.
—Ahora saltó otra vez la loba. Tus palabras matan. No escuches más, cugino.

Semejaban dos tempranas viejecitas, y también litigaban y se disputaban la primacía con la muerte, como la abuela y el tío, porque vejez y soledad traen las pequeñas y grandes guerras. Pero de edad, realmente, no eran tan ancianas. Si Angela le llevaba diez años a mi madre, y treinta enormes años desde su muerte ya habían pasado –si Filipo era el menor y su primer hijo tenía otros diez años– si Teré había enviudado durante la guerra y Yole cantaba sin conciencia las canciones del fascio, entonces Teré llegaba a los cincuenta años y Yole a los cuarenta y cinco. Era un cálculo bastante sencillo. Pero los años que pasan y que siguen pasando son la gran ironía. Y confieso que evité el recuerdo de las datas precisas, de una sola data precisa: bien podía resultar yo el más viejo de los jóvenes, casi par de las primas y un poco por encima de Filipo. Además, al rasero del rendecuentas que ahora se presentaba, no interesaba medir con cuidado la diferencia de años. Cada una encerrada en su imagen, las hermanas se trataban como si se discurriera ya entre muertos, esos muertos que no tienen la esperanza del retorno al buen o mal hogar unos años más tarde, del patir por el mal que te hicieron, de la excusa por el mal que hiciste. Y pensé que pronto estaríamos todos iguales en el mundo, paisanos y extrapaisanos, decadentes y superbos, ilusos y desventurados, hermanos y recién llegados.

Y el juez que llevaba en mí me hablaba al oído y también el hombre de piedad me hablaba. El juez quería apretarles el cuello a las primas, y no perdonarles el encono que todavía les consumía el corazón. El hombre piadoso opinaba que ellas eran inocentes de egoísmo, y solamente quería hablar bien de cada cosa. Por otro lado, ¿no sentía yo mismo la miseria sin extensión que era la Morsiddara como una parte de mi deseo de conocimiento? Mis manos ignoraban la violencia de la tierra física, y si algún día se atrevían al contacto, ¿serían capaces de trazar una línea de olivetos en el límite de los vecinos?, ¿construirían de nuevo en el centro la casilla del abuelo de madre, aquel abuelo a quien nadie mencionaba?

Un poco de la inmensa sangre humana me llegaba directo, y yo buscaba otra vez el recurso del sueño. Lloraba la vida de las primas antes de llorarles la muerte. Una sombra se mostraba y gritaba el fin de todo. Ah, piedad. Ella había destruido pacientemente cada pasión mía, con la natural frecuencia del alba y como si descubriera un dolor en el pecho. Ella me había oprimido los brazos cada vez que debía alzarme contra la injusticia. ¿En qué otro sentimiento se transformaría ahora? No sólo se trataba de ser bueno en el mundo y de responder a la universal ofensa sin necesidad de gesto. Una misma herida provoca el bien y provoca el mal, pero si el cristiano vive todavía adentro, la culpa se refresca y te ofreces al otro, neto como un crucifijo, neto, rojo, queriendo cambiar a todos los hombres en ovejas. Ah, piedad, indiscreta, irreligiosa piedad.

Y Yole, de frente, me dijo:

—¿Qué piensas, qué piensas siempre? ¿En tantos lados tienes la cabeza? El pensar demasiado golpea la cabeza, ¿no lo sabes? Ya es noche, y nada es distinto desde la ventana, y tú insistes. Terminarás la vida, porque un día encontrarás solamente los huesos sin ninguna luz. Hace varias semanas que llegaste, y sigues haciendo la misma ceremonia. Mucho no estás al lado nuestro. Hasta ahora preferiste la casa de Antonio. Ellos son de tu padre, y tu padre es la idea, y es el hombre... Y sin embargo, te equivocas. Tu padre buscó en tu madre porque se alarmaba de su propia familia, llena de sangre y de fiebres. A aquel joven lo habíamos visto arrastrado a la galera por los hechos de los rojos en el veintidós. Tenía una mirada derecha hacia adelante, como si nada existiera a su lado o al otro lado del camino, una mirada que placía, y que asustaba.... Voluntarias, lo aceptamos, porque nos enseñaba a ser gentiles y sinceras, él que era sincero y era gentil, a onta de la mirada infernal... En las familias sufrientes siempre hay alguien que recoge la gentileza, rara flor entre los hombres... A tu padre le tocó, y así era también con tu madre mientras aquí estuvieron, soportando las desgracias y las cantilenas......................
Y tú tienes parte de tu padre en cuerpo... Dejas hablar a los demás, dejas esbozar cada miseria sola y ella te enseña la cabeza nuda... Tú conoces también la pedagogía... Y es más fácil sentirse bien a tu lado de ese modo, más fácil, más doloroso... Pero ahora comerás al-

go en esta casa tuya… y después te irás a dormir. Mañana será otro día, y algún mal habrá desaparecido…. Deberías desvagarte un poco… Ah, y desbárbate… no me gustas con el mentón oscuro…

XI

Sí. Es importante ser gentiles, es importante ofrecer. Me habían halagado, y un cierto olvido de los últimos años, un cierto abandono al presente se había despertado en mí. Delante de las primas, el pensamiento profundo había escapado a otras partes del cuerpo. Ahora le tocaba trabajar a mi cabeza contra la almohada.

Sobre el lecho, una cubierta fragante había sido extendida, como si alguien se hubiera desposado recientemente. Una flor de sangre abierta arriba era el único color visible en la estancia, y dejé que mi mano se esbozara apenas sobre ella, buscando la textura. Entonces, comprobé: la cubierta era lisa, pero si calcaba, algunos pliegues encontrados aparecían.

¿Había también aquí una segunda naturaleza, otra poderosa abstracción que la fuerza más íntima y obsesa de mi mano era capaz de descubrir? Así era: abstracciones, todas abstracciones. Abstractos el mundo de la razón y el mundo del sentimiento, abstracta la visión de la dorada muerte. Y cada fenómeno guardaba en sí el recurso de su opuesto: la solitaria pasión clamaba por una compañía, el viajero apenas partía y ya estaba en tinieblas, el pueblo colérico de libertad se inclinaba después ante el poder. Y en aquel lecho que por años habían ocupado mis padres antes de concebirme, sentía que la cuestión era el origen. ¿Había nacido yo de esencial amor o los conjuntos esposos se sabían como ciegas bestias? Acosado el padre por los fascistas, disminuida la madre por el rigor de la abuela, ¿se encontraban como pobres perseguidos que no tienen acto ante la injusticia? ¿Una sola vez, una sola vez se habían amado directo y el resto de la vida la habían pasado deseándose en el odio? Mi nacimiento, ¿les había cambiado la actitud para bien o para mal?

Y si fue para bien, me dije, ya el mal estaba muy radicado entre ellos, y escasa había sido la alegría por el hijo comparada con el dolor del pasado. Y si fue para mal, qué pobre era el bien de antes, porque el hijo recién llegado no puede ensombrecer jamás el amor sincero.

Y de la cubierta surgía la luz cerrada contra el piso de la estancia, como un ave que se escurriera en el corazón del invierno. ¿Cuántas veces había levantado los ojos para reconocer la antigua semejanza de los cielorrasos y la afectada blancura de la cal, a cada casa que el padre nos hiciera recorrer año tras año? Igual aquí, igual allá, acaso un poco más altos estos techos, un poco más grises también. Los brazos siempre bajo la nuca.

Pero otra luz había. Confusa con mis oídos, como

un sentido de amenazante paz que bajaba desde el cielo propiamente dicho. Ya había aparecido en alta mar. El marino de Génova me indagaba sobre el sur con aire malicioso, y yo le contestaba por los libros aprendidos antes de viajar, y él cantaba como una parodia *Va pensiero sull'ali dorate.* ¿Pero por qué al espíritu patriótico del ochocientos respondía en mí el canto de un eterno dolor, el dolor por Cristo muerto?

Era el último coral de *La Pasión según San Mateo.* ¿Se oponían realmente las dos visiones? Bach y Verdi pertenecían a la condición humana, y de algún modo los agitaba el común sufrimiento ante el poder. Al fin, casi tejedores, casi campesinos, clamaban por el amor y por la paz que se habían perdido en sus siglos, y de cada coro quedaba la impresión de un unísono rebelde y consumado a la vez. "*Amado, duerme en paz*", me decía el texto de la Pasión. Y poco después: "*Oh, placer, oh, placer, se cierran ya los ojos*". El hombre había sido dejado a un costado del camino, algunos los despreciaban y lo escupían, otros le abrían los brazos de un futuro violento.

Y me pregunté: ¿De quién escapas, de tu patria, de tu casa, de tu madre? ¿A quiénes perteneces? ¿A quienes siempre advierten tardíos la verdad y adoptan vencedores las normas de los ahora vencidos? ¿O eres el vencido por hábito, que no se atreve a ofrecer a la barbarie milenaria algo más que la bondad, es decir la vida misma? ¿De qué lado estás, puedes decirme?

Entonces, se me hizo vivo Carmelo.

Carmelo, vagamente tío abuelo. Era síndico, manigoldo, cobarde, cornudo y bastoneado, todo al mismo tiempo. Estaba en labios de mi padre cuando el enojo le daba palabras malas y aun era la palabra más mala del mundo, peor que fascismo, peor que muerte, peor que estupidez, peor que malaria, peor que el nombre del delator de Campanella. Síndico de la noche a la mañana por orden infame de los napolitanos, aprovechó las luces de un amanecer de otoño –otoño, el paraíso de los fotedores decían–, y bajo las paredes del monasterio ya en ruinas descubrió vestigios frescos de amantes, hierbas calpestadas, huecos redondos y casi monstruosos, porque los hechos de amor cumplido modifican a la tierra en el sentido de los cuerpos juntos o del cuerpo que se queda un poco más solitario.

Cornudo, con toda la divina alegría de los cornudos. Y uno de los cuerpos era de su mujer, gruesa y bella, reverenciada por los senadores cuando se asomaba en el puente. Manigoldo. Arrasó a todos los jóvenes másculos del país: buscaba la semilla de aquellos brigantes esparsa como un diluvio entre los muslos de las mujeres; buscaba al ganzo de su propia mujer, o eran varios ganzos que ejercían la pasión terrenal. Y el joven, que se llamaba Nando, salió en defensa de la mujer, que era Rita.

Y Carmelo, cornudo y manigoldo, con un simple puño en las narices, consiguió que Nando divacara todas las noticias. Y el joven era un héroe, porque las tenazas sobre el miembro le encendieron de nuevo las ganas de cantar la villanella, y era lenguaje de amantes, donde se hablaba de perlas y diamantes, de cabritos claros en el pecho, de dulces cristianos sobre el altar. Hasta que Carmelo vio la sangre que venía de la carne más oculta del joven, y siguió apretando como si fuera un mármol invencible, y sintió victorioso su propia esencia humana, de cornudo y manigoldo. Y la vejiga de Nando se adensó en sangre y el joven fue un muerto más en el mundo de los muertos.

Mi padre callaba toda vez que era necesario decir algo sobre el sexo de hombres y de bestias, mi madre sólo parecía saber lo sabido por mí. ¿Quién me había contado entonces la historia de Carmelo? De algún tiempo a esa parte, me sucedían largas historias en sueños, historias de familias abarrotadas en los puertos y después rampantes por las nuevas ciudades, y eran un lampo y eran una eternidad, con los ángulos oscuros y las ventanillas donde se esperaban los documentos. Pero al despertar a la conciencia apenas me venía algún furtivo estremecimiento sobre el hermano que gritaba soledad, y sé que había otros hermanos yacentes y fétidos, alguna mujer entre ellos, y que un hombre cuidaba a la mujer frente a los extraños. Todos miraban a oriente.

Y los rasgos del hombre me recordaban ahora a Antonio, como si una capa de óleo le afectara los pómulos, rojos y fibrosos. Alguien te había pintado en el sueño, querido tío, y ya semejabas lo que pronto serías en la vida delante de mis ojos. Eras tú que me desvelabas, imagen de muerte. La familia entera podía desaparecer en tus manos, porque tu rostro llevaba la marca violenta de años de lager y de mineras, y de ese rostro se inducía tu manía de destrucción. ¿Era por Vastasu asesinado? ¿Eran los años de galera que habías padecido? ¿Era el destino del país?

Y dos noches después del misfacto, Carmelo escapó del país, con las bragas bien cerradas para toda la vida, y Rita se quedó sola y serena, en la buena vida de las mujeres que han conocido cierto arrojo, cierta muerte de amor por ellas. Algún generoso le pagaba los débitos y, cuando pasado un tiempo Carmelo de vuelta quiso reparar, entre dos hileras de risas poderosas y el pueblo que iluminaba detrás de las ventanas, Rita le fracasó la cara y él se redujo a llanto, como una magdalena. Y venida también la madre de Nando, que no había perdonado, como nunca perdonan las madres, se alzó sobre la cabeza de Rita y lo pestó a sangre. Y Rita, entonces, se lanzó a ritroso entre las testuces, que parecían los lansquenetes de los cuadros y los invasores de la tierra propia, se lanzó contra aquellos muros del municipio y golpeó los pequeños puños y allí permaneció, cercana a la follía.

Mis ojos estaban abiertos. Todavía era noche. Me quedaban algunas escenas, semejantes entre sí, secas como la muerte de Vastasu, lúgubres como la gran peste, violentas como el amor a la vida. A las primas no las escuchaba.

El retrete. Una pequeña cava que miraba hacia la placeta. El balde debía ser llenado cada vez, nunca hasta el borde, nunca por debajo del nivel necesario para someter las heces hasta un indiscernible caño o depósito. Las primas seguramente retirarían las aguas a cada momento, cuando yo no veía, y nadie más o menos extraño les sorprendiera la acción de servir bajamente.

En casa de Antonio yo me contenía, porque no sabía en qué lugar oculto estaban los orinales o alguna especie de orinales: nadie me lo había revelado. ¿Pero los había realmente? Acaso eran aquellas vasijas abombadas de color de terracota, entrevistas en el piso terreno detrás de una puerta entornada, o serían vaciadas no sé dónde, cubiertas al principio de una capa de polvo y después revueltas en el suelo de arcilla principal.

Pero todo era más claro aquí. Las paredes de un gris límpido, aun la pileta sin huellas recientes de persona alguna y el espejo entero, recortado como un raro hueso de animal.

Y me miré al espejo. Ya no era el mismo hombre que había salido de la casa semiabandonada y abierta a todas las sospechas. Algo me había trabajado el rostro, y eran las líneas de mi padre que se daban forma en él: el amargo sesgo de los labios, el temor expresado precipuamente en los ojos.

Entonces, me hice las vulgares preguntas. ¿Cuántos años tenía por delante? ¿Estaba sano mi corazón? ¿Estallaría alguna vez antes que mi cabeza? Mi madre decía que la pasión había exterminado a mi padre, porque nadie puede soportar el fuego más allá de la temperatura de su propio cuerpo que envejece. Y si la pasión ha sido tan extrema que hizo de ti un riguroso obispo, una oscura fuerza de negación, el cuerpo se daña antes de tiempo, y ella misma, así, envejece. También ridícula, soberbia, como en el tío Antonio –irreverente, pública, como en el primo Clemar. Y después, después, se hablará bien de ti, porque fuiste un hombre de paz, porque nunca amaste o tuviste poder, y si lo hubieras tenido, estarías arrojado en el mar con las manos cortadas y el peso que te afonda en los pies.

Agradece, me dije. No tienes pasión, y no vengarás a tu padre, que no fue un héroe. Y me pareció que el mundo me giraba alrededor, y era mi cabeza, acaso provocada por el lecho mullido y la obscena declinación de mi cuerpo en la noche. En el gris del retrete, en el plateado espejo, había puntos negros, líneas que se movían con la dirección de la mirada: miopía, natural efecto de la miopía, con los años. Poco para preocuparse: no habrá ceguera inmediata o antes de la vejez. La miopía avanza hasta cierto límite y después retrocede. Es un mal benigno, más benigno que la razón todopoderosa, pero de todos modos es un mal, en cuanto el cuerpo se altera, sujeto a la angustia de una falsa visión.

Así, un solo acto surgió entonces, un documento del sueño y de las cosas, el cuerpo inmóvil del coloquio.

XII

"–Te recuerdo junto a Clemar. Tenías veinte años. Apenas nos habíamos empezado a conocer, de padre a hijo, de hijo a padre.

–Es cierto. Sabía qué te gustaba en la mesa, sabía qué te habían vetado por el mal de estómago, sabía cuánto te pagaban por un saco blanco o un saco cruzado. Poco más sabía de ti. Y nunca me animé a preguntarte si amabas realmente a mi madre, o era una especie de amor que había pasado.

–Tampoco sabías si yo tenía la conciencia de mi mal.

–Jamás sospeché tu mal. Te trajeron a casa y ya estabas muerto. Nadie quería tocarte, yo llegué, me acerqué y te miré de frente, como no te había mirado en vida. Tenías una pequeña cava en el mentón, casi un golpe que parecía reciente. Debajo, el hueso se presentaba agudo y sin violencias. Era tu cuerpo, y sentí el extraño deseo de hurgarte la carne que los hijos siempre ignoran... y recuerdo que te cubrías aun en el verano, y una mano tapaba la región de tu pecho más negro y denso de vellamen... recuerdo las puertas cerradas en la siesta... recuerdo cómo negabas el olor de tu cansancio...

—Era pudor, pudor heredado. Por pudor se vive y se muere solos, por pudor pasas hambre y pierdes la felicidad... Tú también eras pudoroso... tú también eras infeliz. Salías a la calle para no contestarme barbarie, lo sé.... Te apurabas en las cenas, que nunca santifiqué, y acaso fue un error mío no hacerlo, tal han sucedido las cosas en esta parte de la familia...

—¿Por qué dices esta parte?

—Hay otra parte, que no está en el país y no está en tu propia tierra. Eligieron el Niágara, y la fortuna les fue beata y gozan de tantos bienes como aguas hay cercanas. Eran creyentes rígidos, como son todos los nuevos adeptos y los conversos, que viven la transformación como un júbilo de egoísmo... y sólo aceptaban el furioso apocalipsis... sin olvidarse de amuchar y amuchar...

—¿Eran hipócritas entonces?

—Sabían separar el día y la noche, el corazón y la mente. Eran personas modernas de hechos y viejas de ideas...

—¿Y a qué religión cambiaron?

—A una religión más despiadada en su exceso de piedad. Decían que la guerra es el castigo justo, decían que se sufre por alabanza al Señor. Discutíamos, las fiestas se arruinaban. Y nunca se presentó ese amor indecible que te hace abrazar al enemigo de palabras y te lo vuelve más respetado y misterioso... No nos queríamos bien... Eramos intolerantes, ellos, nosotros...

—Tú me criaste en la soledad, padre.

—Fuimos tu madre y yo. Si hubiéramos vivido echados sobre la vita mirando los cantuchos del patio como cualquier animal de este mundo, conformes con durar algunas estaciones y el cerebro unto de niebla, habríamos sido felices... Pero tu madre no comprendió la inmensidad de mi amor... Los primeros años estuvimos unidos... pero después ha cambiado. Tu madre se retiró de mí, y nunca pregunté por qué lo hizo, de un día al otro, como si el techo se hubiera forado de una pedrada y el aire de la Sila entrara a la estancia. Fue un hijo que no nació... fue la firme pobreza de algún invierno... Así, yo también me retiré, y tú nos seguiste... Y éramos tres conspiradores con el puñal entre las ropas y una expresión de amor en los ojos. Sabíamos qué hacía cada uno en las diversas horas del día, y cumplíamos los actos, ciegos, sordos, mudos. Y si alguien se apartaba del hábito y buscaba cierta alegría de vivir, entonces nos colpíamos con el pensamiento...

—¿Y qué hacías tú por vivir?

—A veces paseaba solitario por las viejas casas de vecindad en que había estado apenas venido del país, a veces jugaba a las cartas con los hombres más ancianos que yo, los hombres expulsados de las casas como en cualquier lugar del mundo por mujeres tiránicas y por hijos del infierno, que se burlaban de la vida inútil del padre. A veces, y nunca supe por qué, los jóvenes se acercaban a mí, que no era maestro, pudiente o poderoso, y dialogábamos en los marchapiés hasta que el sol se ocultaba............ Nada más.... Y tú, ¿qué hiciste de bueno por vivir?

—Poco, muy poco... Pensaba, pensaba la vida diversa de los otros jóvenes... pensaba en el amado poeta, anguloso, recostado contra la pared, las manos en los bolsillos... como un moderno San Sebastián... y me preguntaba por qué se había matado... ¿era por la revolución, era por la miseria del amor infinito?

—Nada ha cambiado, hijo.

—¿Qué sabes? ¿Qué experiencia política has tenido para dejarle a tu hijo la desilusión? ¿Qué fuiste como hombre?

—Fue la experiencia que entre los hombres hice, fue la experiencia de mí mismo, vulgar hombre de todo tiempo... Cobardes y violentos cuando ejercen el poder, heroicos cuando saben que solamente la muerte está delante, hoy o mañana, como quien paga por la rebelión justa y desordenada.......... Y me quedé en casa, y esperé las noticias de este mundo y del otro mundo............ Siempre es el amor, hijo, siempre es el amor.... No amas al pueblo donde naciste o viviste, no acompañas a la familia y la familia no te acompaña en los discursos sobre los grandes hechos y los hechitos escabrosos y divertentes... ¿Qué queda de ti entonces?.......... Y la idea ya no me llegaba a la sangre... Estaba sin expresar, ignorante de futuro, como el débil ensueño de una mañana de juventud............ Pero héroes he conocido. Conocí a un tal Romano, capaz de hacerse correr en los calcaños por toda una legión de pesquisas.... Conocí a Líbero, que por estar de acuerdo con su nombre visitó largamente diez cárceles del mundo y de todas escapó y dejó trágica enseñanza... Conocí a Rafael, flébil de cuerpo y gigante de alma, la imagen más clara del viejo bandolero que se va a la montaña, y la montaña es la ciudad más grande que puedas pensar, y en esa ciudad es sorprendido como un visionario del Quinientos... He conocido héroes.

—Aconséjame, padre.
—¿Qué quieres que te aconseje? Jamás tu madre consiguió que te cosieras un botón y tu padre que afilaras justa la navaja... Pero sabes afeitarte y alguna sopa te haces.
—La navaja. Ahora la navaja es pequeña... Se ha reducido a una lámina, un triángulo en trincheta... La navaja y el reloj. Es todo lo que tengo de ti.
—Me odiarás... No te dejé un techo, no mantuve tu estudio... Tu madre apenas lloró sobre mi tumba, y entonces pensaste que no me respetaba como la mujer debe respetar al hombre suyo.
—Tampoco yo lloré.
—Eras joven, y los jóvenes son inocentes de muerte.

—¿Quieres que empecemos en orden? Primero la casa, después el mundo. Primero la amistad, después la celosía.
—No. Quiero que me digas ya si soy de esta tierra o de otra tierra.
—Quédate en ella, y sabrás. No te separes mientras

no te haya herido profundamente. No vuelvas cortado verde a tu país. Y si vuelves, no escapes nunca más. De ese modo, serás más hombre, serás más infeliz todavía.

—¿Más infeliz? Me perderé detrás de la absoluta comprensión, iré a la cárcel sin culpas, me fracasaré la cabeza en el primer ángulo de calle.

—Ah, el drama está preparado a cualquier hora del día, y sólo falta que aparezcan los actores con el rostro oscuro y farináceo por partes iguales declamando la ira y el abandono, el pentimento, la crueldad. Tú deberías hacer los papeles más melancólicos, esos que obligan a contraer el ceño y estirar los brazos hacia un cielo de dioses a mansalva de la sangre...

—¿Y ustedes?

— Nosotros... Yo he sido hombre de comedias, así como me ves. De alguna religión participé, alguna escenita hice.... En el camino, encontré las viejas cuestiones, la cuestión del olvido, la cuestión del corazón, la cuestión de emigrar, la cuestión de empacir a cada día. Y las otras cuestiones... el orgullo y la miseria, el fin del mundo y la juventud, la desgracia y la revolución.... Unos cuantos éramos... pero fuimos y vinimos, y el país se quedó sin hombres... Mira tú... Si hubiéramos vivido siempre aquí, tú y yo, todos nosotros, en todo este tiempo... Si no hubiéramos olvidado como olvidamos, nos extenderíamos por el mundo como un nuevo poder, y ningún burgo extraño o campaña desconocida nos reduciría a la mala efigie que tenemos. Hemos negado nuestro corazón, hemos sido los estúpidos búhos que se pacen de inteligencia ajena, separados los hombres de las mujeres y las mujeres de los hombres... porque también nos hemos dado el placer de no estar con el ser amado, el cilicio en la espalda, el cilicio en el pecho... y no sabíamos si destruíamos o si éramos destruidos. Dividir un sentimiento es sufrir, sufrir inútilmente. Algo escapa a tu mente y te sientes un fallido. Las fuerzas te abandonan. Eres extraño al pasado, eres extraño al presente. Pides que tu cuerpo deje también a la familia. Dudas del hijo, dudas de la mujer. Estás solo, sí, estás solo. Y la mujer se aferra al hijo y te dice que eres portador de desgracias. Así sucedió.

–¿Y el hijo?
–El hijo... el hijo vagaba de puerta en puerta, como tú mismo confiesas... Me miraba varias veces en el día, se acercaba... Algún nombre, alguna historia buscaba en los rincones. Yo fingía y no le respondía... porque él era su madre............. Escúchame... escúchame... Siempre amé tu primera presencia de niño todavía blondo que me hacía las fiestas... Y después, con los años, sentí que la antigua y oculta bandera pasaba a tus manos... ¿Qué honor más profundo podía experimentar? Tú volabas afiebrado de plaza en plaza, entre peligros y prédicas... Eras mi propia juventud de coraje que retornaba... Llegabas muy tarde por las noches, y no te llevaba a ello mujer alguna. Sostenías la implacable razón en cada acto suyo.... Estos eran amigos, aquéllos eran enemigos. Tu ánima de militante decidía. Parecías libre, y yo te creía y me decía: no tengo fuerzas para seguirte,

pero seré tu compañero desde mi silla de hombre que aguarda la vejez... Y esperaré de ti las buenas noticias sobre la burguesía destruida y la revolución triunfante. Déjame que sueñe fulminante claridad. Ya no lloraré la vida entera, no lloraré sobre cadáveres de niños y de inocentes, de imprudentes y de redentores... Tú serás un hombre de temple, y ofrecerás vida y muerte en la ciudad extremada, pensando rápido, ardido... Todo esto me decía. Pero tú elegiste a tu madre, que sólo quería como todas las madres del mundo el bien supremo de los hijos y así no los dejan vivir. Y yo, que era tu padre, estaba muerto a tus espaldas.

–Es extraño. Tu esperanza era mi temor. Me acostaba todas las noches casi tembloroso, y cada golpe de lluvia o de viento en el techo y en las puertas me sugería a los hombres que asaltaban las casas y se llevaban personas y papeles, escorias y bellezas.

–Me heredaste bien, hijo.

–Ya se hace tarde. Necesito tu juicio, padre.

–No vuelvas, no vuelvas a ninguna tierra ya perdida para los hombres. Esperarás aquí, y todo temblará de nuevo. Te humillarás hasta el final, te lo repito. Es bueno humillarse, no es bueno humillar. No eres un niño, no eres un viejo. Déjate llevar entonces por tus pasos, los fuertes pasos que conducen a madurez, ya que no has padecido destierro violento. No te preguntes adónde has llegado, y si allí regirá el infinito azul o necesitarás ser tan responsable como irresponsable te muestras para sobrevivir. Debes comprender: los hombres han muerto a millones lejos de sus patrias, con el castigo más negro que es posible recibir... no ver, no ver nada, enceguecer en los mil senderos de todos los días... Recóbrate, hijo... Lleva tu mano al sitio en que todavía floreces. Abandona el horror de nuestro pasado... abre tus ojos con ardiente tenaza... abre tus ojos y no aceptes que te arrastren con las rodillas en tierra………….. ¿Pero a quién amarás más allá de tu madre? ¿Amarás la condición del hombre como si nunca hubiera existido el crimen? ¿Amarás la delicia de los años que nadie conoció jamás?"

XIII

"—Amaré a los seres más desolados. Amaré al tío Antonio y a las primas cerradas en las casas. Amaré al país contemplado desde arriba como el amor de sí mismo.

—Quieres unir las familias, quieres salvar al país decaído…

—Nada es inútil. ¿O todo ha de quedar como fue siempre?

—Renovarás al mundo con la mente caliente y el corazón frío, y sin exponerte a campo abierto. Y si te ves obligado a combatir, después del fuego prenderás fuego a los cuerpos. Alumbrarás cada rincón de tu propia miseria de espíritu con el ánimo más insolente. Ordenarás tu vida por el principio de la piedad y por el principio de la destrucción. No buscarás el dolor, escaparás a las órdenes arbitrarias.

—¿A quién obedeceré entonces?

—Tu conciencia no es clara, tu conciencia no es única. Hay tanto de mí en ella y hay tanto de tu madre, hay tanta alegría y tanto horror de nacimiento, tanta cólera en la injusticia y tanto placer por el entusiasmo de un asesino... No obedecerás a nadie.

–Me enloqueces. En un tiempo, hablabas de conciencia y me hacías sentir impotente, porque mis actos no eran los mejores de este mundo. Y el infame animal me perturbaba el descanso y el ansia de amar, me perturbaba la voluntad de hacer...

–No pronuncies esa palabra. Voluntad... La voluntad es un espejismo, el río calmo de superficie y violento abajo... Es el crimen de las sombras... que se vuelve finalmente contra ti mismo. No reduzcas nada, no reduzcas, ni siquiera mis cenizas...

–Y la madre ignoraba también mi mal. Mi mal... que era otro del mal que declaraba... Estaba entre mis cóstolas, y después explotaba contra mis miembros hasta hacer de ellos sencillas masas de dolor... Despertaba a la mañana, y por un momento pensaba que el mal y el dolor se habían olvidado de mí. Apenas discernía un escozor en los muslos, un pequeño y agradable mareo, como si hubiera bebido ligero o temprano, antes de toda comida. Me enfilaba los pantalones, afirmaba los pies sobre el piso. Quería alzarme como un joven deseoso de ver a la amada. Daba unos pasos y el mareo me buscaba los costados. Después, mi cabeza quedaba conmovida. Era un aviso de muerte... Te mentiría si te dijera que sentía cómo se me torcía la boca, y así quedaba, juicio sobre mi ser. Iba al espejo, como van todos los hombres, y el espejo me revelaba la desgracia. Por primera vez en muchos años pensaba que todavía estaba vivo. Sí. Una parte de mi rostro se había movido del lugar natural. Mis dedos, colocados en pinza a uno y otro lado de la crepa que se había formado, lograban disimular el daño. Me daba a mí mismo la apariencia anterior............. Y mi temor se hizo rápido, como nunca me había sucedido. Una teoría de hombres y de mujeres se inclinaba sobre la tierra... y en ella me buscaba a mí... y me llamaban por mi nombre de niñez, adoperado para diferenciarme de mi padre... algo así como una acorchadura de Vicente, una vi alargada con la i semejante a un grito... Yo estaba acocolado entre los árboles y me sostenía los negros y pequeños pantalones, sucios de mi propio excremento... Y sucias veía mis manos y las miraba una y otra vez, hasta que sólo el color del excremento prendió mi visión... y no hubo flores, cielos o personas que no tuvieran ese color... como una nueva creación surgida de las tierras fértiles y húmedas.............. Y era una adunanza completa.... Padre madre mujer hijo hermanos, prévites de iniciación, luchadores del año veinte, Salvo Nicola Filipo, compañeros de prigionía, amigos de tu tío Antonio que no eran mis amigos, miserables recién llegados del país de las grandes palmas, criminales de la ferrovía de Pensilvania... Se alumbraban con lámparas de aceite, como en los viejos tiempos de paz, cuando nada se ahorraba en los campos y podíamos gozar recontando los toneles... Y las luces estaban sobre mi cabeza y se aplastaban contra ella y me provocaban la ilusión de las cosas más impares... Y después las luces bajaban, de modo que mis ojos querían seguir indagando hasta el centro de la tierra, y les era imposible, porque entre claridad y tinieblas se formaba una fiumana de sangre con vida…. Y mi padre tu abuelo me tomó de la cabeza y así, oprimiéndome hacia abajo, como una sana planta a la que quieres hacer perdurar, me sumergía en la sangre. Y me creerás… una luz violenta como el desencanto del largo amor, una luz tan dura como la exhumación de los muertos, una luz me salvaba de la asfixia… Y los hermanos míos se echaban contra mi padre y le ataban con correas las manos, las manos moradas, hinchadas como sacos… Y me demandé cuántas cosas habían hecho ellas en vida de mi padre, y si habían respondido siempre al cerebro, o eran, como las manos de casi todos los hombres, instrumentos de poderes lejanos, naturales, sobrenaturales… ¿Pero de qué era culpable mi padre? El padre… el padre es distinto… El padre se fue o se quedó, se mostró capaz de algún oficio, hizo la guerra como se hace la paz, pidió a la mujer que lo olvide o que no lo olvide. Pero es el padre. Y el padre no puede despertar la simple verdad que tu madre alcanzó con un batir de cejas y un breve silencio… El padre, el padre es sólo un hombre.

–Tu relato se contradice. ¿Quieres la benevolencia, quieres la sangre?
–Ninguna de ellas es nuestra decisión. La historia es un viejo salvaje.
–Nos hemos atado las manos. ¿Eso quieres decir?
–Quiero decirte que las manos sanas son manos de delinquir y de escarnecer, y las manos maladas son ma-

nos de esclavos, que tienen la culpa de la vida anterior. Debes saberlo: las manos se embeben del hombre total. Y si buscas el poder con el terror, después también lo ejercerás con el terror.

–Siempre me adoctrinas, padre. Fuiste puro, y tu pureza fue la rebelión que una vez quisiste desencadenar. Fuiste ingenuo y tu ingenuidad fue el poder que no querías tener...

–Es cierto... Pero también era bello estarse al tibio sol de octubre que semejaba el abril nuestro... asaltarte de golpe, buscarte en el juego que me negabas, como la imagen de mi hermano... Soñaba, a ojos abiertos... y era bello, era terrible...

–También yo tenía las manos atadas... Siempre recordaba... los primeros dieciocho teserados del veintidós... la ola de furiosa esperanza después de la masacre... cuando discutíamos, discutíamos públicamente qué era el socialismo... y quién de nosotros era el más débil.... Salvo Nicola Filipo, te he dicho. ¿Testuzza, solamente Testuzza vive?... el fino zapatero cansado de las ciudades... Bueno, amable... aquí quedó en los primeros años de la gran soledad... Y nos sabíamos todavía vivos a la luz incierta de las cartas indirectas, que nada decían y mucho hacían endovinar... La infelicidad de la mujer que era madre y no era mujer... La oscura muerte del pariente en la montaña... La malatía de toda una estación... Era del país que se me hablaba.................... Testuzza, el más joven, el más deciso... acaso él levantó la bandera roja en el municipio un primero de mayo y después nos mintió alegremente... Los otros, los otros... enloquecidos de rabia... sordos de melancolía, en algún rincón del mundo, fugentes como yo... y habrán llamado a sus hijos Rosa, Lenín o Espártaco... habrán plantado sus botegas con la mala luz de la provincia... Sepultarán a la mujer, la mujer los sepultará a ellos... Y algún hijo buscará el principio, como tú lo buscas...

—Y tú, padre, ¿por qué te fuiste del país? ¿Fue por el fascismo?

—La primera vez, antes de la guerra, fascismo no había... Quería estar, no quería estar. Desde temprano... en el primer tumor del día, mi madre ya me estaba encima con el lumicino en las manos, y me decía que había estado toda la noche en el trance aparente de morir... y con la cabeza envuelta en las sábanas, gritando como Antonio contra todos los antenados que me habían dejado en vida y muerte en este país... y también cantaba como Antonio y como todas las familias nuestras, con baja y cavernosa voz... No era el dialecto, no era la lengua de la nación y las melodías tampoco estaban anotadas en ningún breviario conocido... y mi madre aseguraba que venían de las misas que se decían en el Carmen, mientras nadie tenía ojos para nadie y cada uno pensaba en sus desgracias... Y según parece, yo auguraba que pronto volverían los sarracenos y esta vez llegarían a la retrotierra y nada se salvaría de nuestra cristiana obra... y que los viejos barones todavía reinantes perderían los títulos y se brusarían los blasones a plaza abierta... Ya tienes la ausencia en el alma, me decía mi madre, porque primero es el sueño... Y como entre sueño y decisión hay sólo un pequeño espacio, una mañana me levanté hambriento, silencioso. Mi madre me fijaba con igual silencio. Yo sabía que no era nacida en el valle de las violas, y siempre repetía Cinquefronde, y al decir la palabra se le oscuraba la voz... el país llamado Cinquefronde, junto al camino llano en los reposos de la montaña, poco más que un caserío, donde no hay arriba y abajo, y todos son ricos y pobres, creyentes y ateos, hermanos y enemigos, bienaventurados y malditos... y si alguien está muriendo, no existe persona que falte a la extremaunción, como debería ser entre todos los hombres... y si alguien nace, las campanas baten a furia hasta que el nombre es dado como corresponde... Cinquefronde, donde no hay vocabulario que te ayude a comprender el habla... porque debes saber que las lenguas de nuestros países son tan diversas como los peces del mar... Cinquefronde... conoce la gran libertad con el nombre de los hijos que te permite olvidarte un poco de los santos... Y mi madre me dijo: si tú vivieras una semana en Cinquefronde, enloquecerías y vagarías de un lugar a otro del país como un vulgar ladrón de reliquias, y finalmente te echarías, de algún modo tú también te echarías, renacido para siempre... No vayas nunca a Cinquefronde, no busques en el fondo de ninguna madre, porque sólo hallarás desesperación o pérfida bondad... La madre que amó y no recibió amor... Te irás, sí, pero te irás más lejos, y te encontrarás con tu hermano que ahora está en Filadelfia............... Y traté de establecerme, y no pude............... Después fue el fascismo, es cierto... y escapé de la noche a la mañana...

—¿Qué quieres? ¿Quieres que te imite ahora mismo, y que corra hasta el primer barco de vuelta a mi patria?

—Serías un triste desertor.

—Tú desertaste.

—Así fue. Tan ingrato, tan temeroso como cualquier criatura, me fui antes que mis hermanos y mis compañeros. Y decían que mi cabeza era necesaria, porque era el más anciano y había hecho la guerra convencido primero de su virtud y execrando después el día de las primeras muertes... Pero no todo es la cabeza. Tu padre no tenía el arrojo. Apenas resistió, resistió a los grandes cornudos del poder, resistió la tentación que se esconde bajo las gonillas, resistió el deseo de dormir para no levantarse jamás. Resistió, resistió."

Un pequeño punto luminoso se fijaba en la ventana. En el sentido del alba inminente, la prima me golpeaba la puerta. Algo habría escuchado, un ahogo, un repetido llamado. No contaré que te he visto, le dije al padre. Que tu último reposo sea tan dulce como mi memoria de ti. La memoria, malamente juzgada en la tierra, porque todo aquél que posee el vicio resulta duramente perseguido.

Y ya no era sueño. Yole me decía:

—Los ojos te brillan, y no es de contenteza. Has visitado a los muertos, en ese lecho. La culpa es nuestra. Olvídate de ellos, y ven con nosotras.

XIV

—No te vayas nunca, cugino. Otra noche ha pasado, y la noche es un poco la miseria humana. Los miembros se paralizan. La cabeza queda suspendida de una forca. Pero si hay un hombre en la casa, la mujer teme menos. Y si hay hijos, el temor es más puro. Tú eres un hombre y también eres un hijo. No te vayas nunca, cugino.

– ¿Todavía el hombre es para ti la tierra promesa?

—Mi esperanza era el hombre con los oídos lestos, el hombre que me diera el coraje de vivir.

—El hombre con los oídos lestos y los ojos ocultos a ti. Así te castigó.

—¿Puedes decirme por qué? Tú escuchas, como escuchaba Antonio... Porque Antonio era otro hombre, en vida Nicodemo y la mujer... Y él me explicaba: tú eres demasiado bella para este país, ¿no ves que los jóvenes másculos prefieren las gruesas compañías?... y sólo se atreven a medirte en la penumbra... y les pasas delante.... Y como a un día sucede otro día, pronto dejarás de ser apetecida... Y así ningún ruego mío conmovió al caso................. Palabras de Antonio, demasiado bella, demasiado bella... Y Antonio había recorrido mundo, diez veces más que tú, y había conocido mujeres libres... Y yo le preguntaba si ellas eran felices o sufrían también a los hombres opresores, y Antonio se resistía a contarme... hasta que un día me dijo... que un terrible destino de malatía las hermanaba, y saber cómo habían muerto muchas de ellas, solas y desesperadas, me hubiera ratristado inútilmente...

–¿Alguna vez amaste sincera?

–¿Cómo misuras el amor? Quieres hacerme decir lo que no recuerdo, quieres hacerme recordar lo que no quiero decir. ¿Tú escribes lo que recuerdas, o escribes lo que todavía amas?

–Hemos amado entonces. Tú has amado a un hombre, yo amé una idea.

–Era el hombre que no me amaba. Pasaba bajo la ventana... Yo corría como una liebre o como una perra, o más perra que liebre, porque fiutaba y no era fiutada. Aquel hombre levantaba la cabeza, pero no parecía sentir la fuerza de mi expresión –como se dice que si llamas a alguien en secreto él, un día, escucha y te agradece en el modo suyo, con la buena palabra o el buen gesto, y tú agradeces también y tu dolor se endulza................. Yo era todavía niña y él, muchacho ya, aparecía en el crepúsculo primaveral... más alto que los olivos contra la montaña casi celeste de reflejos... Entonces me miraba, y siempre sonreía... como se sonríe a los bellos cotraros... Y de los bellos cotraros se esperan grandes cosas... y rozamente yo sentía que enero llegaba graso de ideas, y me dejaba entender las nubes y las campanas juntas... Pero entre los ojos y los oídos un mal me roía... Toda palabra, toda palabra que decían me transportaba lejos... y una mujer de años vieja me judicaba con el dedo hacia adelante y me gritaba: ¿a quién le pides tan intenso amor? Olvídate, y si no puedes partir al ser mujer, acomódate en los ángulos más oscuros y ningún cabrío te embestirá enrojecido. Y así hice, y soy Yole, tu cugina solitaria.

—¿Tan bella eras, Yole?

—Te rengracio porque me crees... Pero ya no lo soy... Y a la muerte que será, toda cosa es vanidad.

—¿Pero qué escribes de noche, cugino? He encontrado uno de tus papeles. Deberías mejorar la caligrafía................ ¿Y cuántas palabras conoces?

—¿Me esperarás a que las cuente?

—Quédate aquí, entonces.

—Muchas otras palabras aprenderé de ti.

—¿Me entiendes realmente? ¿Sabes qué significa el nombre de cada animal viviente, de cada viento nuestro, estación por estación? ¿Sabes por ejemplo quiénes somos nosotros?

—¿Nosotros?

—Sí, los Macrí. Porque tú eres nuestro, y en todo te pareces a tu madre como yo la recuerdo, siempre acostada a los pobrecitos, casi igual a ellos de mendicante, aún muy joven...

—Me dices que estoy pidiendo.

—Pides con los ojos, pides cuando callas, pides la comida como un niño que no conoce alimento, pides el consuelo al levantarte presa de tus demonios, pides que te iluminen cuando estás oscuro y que te oscuren donde estás demasiado claro.

—¿Y quién soy entonces de parte de madre?

—Eres de los morsicones, porque tu abuelo fue sorprendido ramingando detrás de las jóvenes y dijeron que les mordía los brazos mórbidos, y de más atrás parecía venir el hábito, porque el siglo pasado mucha hambre hubo entre estos montes, y los pobres mordían a la par de los diablos en el pueblo de los diablos. Y es que todos comemos de Dios. Antonio, que es fascista, come de Dios, y come de Dios Testuzza, que es un comunista. Y de Dios comen tus cuginas, que no tienen partido. Y tú, ¿de quién comes, si no estás bautizado?

Se había guardado la pregunta media mañana. Y ahora, al demandarme, su rostro resistía al pensamiento, y una cintilla de desprecio aparecía cercana a sus labios y me recordaba las fotografías de algunos muertos en los estantes de la casa paterna, los apenas nombrados en la familia. Y si hubiera tenido la buena memoria del ojo en la boca, y también la buena palabra de descripción, le habría preguntado a Yole quién podía ser aquel joven como un monje o el otro viejo rodeado de sombras, y no sabía si se trataba de la sombra de vejez de la carta o de la sombra propia del hombre. Desprecio. Sí, desprecio. ¿Qué podía responder yo a la idea del bautismo? ¿Qué podía responder sincero, rápido? Apenas sonreí.

Y Yole abrió la ventana. Había un primer viento tibio, que todavía no era calor, o así parecía a la gata cenicienta, como se dijo a sí misma la prima.
–¿Te quedarás hasta la primavera?– me preguntó.
–No lo sé. ¿Cuándo es San Nicodemo?
–Todo el año es San Nicodemo. Siempre hay algo que memorar, porque también los santos nacieron y murieron, y en el medio vivieron, sin un brazo, sin una pierna, pero vivieron, como tú y yo vivimos… San Nicodemo es un poco de alegría, también a la hora de su muerte. Un festejo termina y otro festejo te nace en la mente, como a las nubes sigue la lluvia y a la lluvia el fetor de las foñas… El santo ha nacido o ha muerto otra vez, y es el día de su rebelión o el día del primer ejemplo… Y el prévite se asoma y pregunta quién fue y quién no fue a la misa. ¿Hará buen tiempo en el momento de hacer procesión? ¿Se podrán disparar los fuegos?………….. Pero en San Nicodemo también piensas mal, porque al ver la alegría ajena, no se te ocurre tu alegría.
–¿Tú no te amas, es cierto?
–¿Y tú tienes motivos para amarte?
–Ahora contestas firme.
–Y tú escapas de las palabras como los cotraros escapan de los lobos oscuros.
–¿Es que acaso conoces lobos luminosos?
–De ellos me han narrado, pero nunca los he visto.

Y Yole me dijo que los lobos luminosos se llaman pampinos, y alguna vez habían sido observados por los hombres de aventura que reposaban en los timpos, y esperaban de ellos un acto de mansedumbre. Y eran lobos que hacían pensar la libertad, la extraña libertad con los ojos de sangre y la muerte necesaria en todo el cuerpo, el matar por matar, echados hacia atrás y hacia adelante, alguna historia ya sobre la conciencia, alguna historia de asaltante del poder, porque el poder es sangre y es muerte, en el lobo, en el hombre.

–¿Tú me deseas bien? –le dije entonces a Yole.
–Apenas eres un viajero.
–Fui anunciado muchas veces.
–Sí. Te anunciaron cuando naciste y cuando enfermaste, cuando de ti se auguraban tantas bellezas como de mí describían, cuando te encarcelaron breve tiempo y después te hiciste vivo sin responder a nadie qué habían hecho contigo. A la distancia, y con la paz, siempre se sabe algo y se agrega mucho: que eras un bravo abogado, que habías desposado a mujer rica y blonda, que a tu perdición de un tiempo ya seguía el hijo de aquella mujer… Ahora estás aquí… Y yo sé, yo sé que quieres seguir viviendo… También tú eres iluso, también tú esperas.
–¿Sabes? El viento ya sopló contra mis espaldas, hace un tiempo. Era la confusa revolución que volvía después de cincuenta años. Los viejos habían escapado. Los jóvenes descubrían una nueva esperanza. Y mis espaldas se estrecharon. Comprendí que la tragedia es-

taba oculta entre aquellas banderas y aquellas grancajas. Entonces, me negué y negué. ¿Tuve razón, desgraciada razón? ¿O fui el pensador que no se atrevió al combate y al escapar también, se hizo enemigo de sí mismo?

—¿Por qué me hablas a mí de revolución? Tu amigo en este país es Testuzza.

—Nadie me ha conducido todavía.

—¿Tan niño eres?

—¿Y si cantaras para mí?

—Ah, todos los años que estuve callada... todos los años que la casa es un invierno... todos los años que la hostia es un manjar y el látigo del alma un placer...

—Pero cantabas, cantabas...

—Entonaba bien... Las buenas voces son siempre de familia y se transmiten como un devoto secreto. Sabes cantar, pero nadie repara, hasta que un susurro de voz te revela en la noche, y alguien se acerca a escucharte más atento que el resto... y hace que el resto enmudezca, sin comprender bien por qué... Era un otro cugino que ahora vive en Montreal de Canadá, cugino por mi madre, y al que nadie recuerda en el país, o no lo quieren recordar... porque Salvo dejó malamemoria... debedor de cuanto cristiano hubo delante de sus ojos, embrollón de propiedades, bebedor de vinos con tu tío Antonio... Tenía el oído de los músicos Salvo, y a veces sonaba la tromba en la banda, desertor siempre en los pasajes de bravura......... Y se acercó, se acercó, y me dijo: dedícate a tu voz. Y pensé que me halagaba por piedad, porque Salvo tenía también costumbres de buen cristiano, y así como quitaba daba, daba su sentimiento, daba lo mejor de la roba que acertaba a juntar y servía el vaso más profundo a los compadres... Y creí, sólo un instante, pero otro instante dejé de creer...

—¿Quieres habas? ¿Cómo las quieres? Naturales con aceite, o quieres que te haga una minestra fuerte, quieres sentir el picante sobre la lengua, quieres pasarte las manos de fuego por la cara después y despertar, despertar...

Yole me desafiaba. Eramos morsicones al fin de cuentas, y el sentimiento mordía al sentimiento, sin hijos ella y yo. Y antes del mediodía, antes de las habas rabiosas, los dos solos en la casa, me incitó:

—El mundo no se ha hecho para nosotros. Tomarás el bautismo, tomarás el bautismo, y serás otro... Es el aire que te manda las desgracias... No es Dios, como tú crees, porque Dios te manda la llaga y también el ungüento... Dios, está más cerca del tiempo... No puedes ser herético, tantos años...

XV

¿Conocía yo el verdadero tiempo de las habas? Mi madre me preparaba habas muy pocas veces por estación, y me resultaba difícil conformarme a la idea del mes justo en que eran plantadas y cómo se las recogía. No sabía si venían acompañadas de ramas y las manos gruesas las desbrozaban después pacientes. Pero sabía que era necesario sacarles las vainas, y buscar los formosos y verdes corazones, y separar los que tuvieran un punto excesivamente negro o se mostraran todavía demasiado blancos: unos y otros corrompen de salvajina el sabor de la buena legumbre. Pero habas eran éstas, aunque un poco amargas. Además, como me advirtió Yole, debía comerme la minestra o echarme por la finestra, es decir mi lugar amado.

Y solos habíamos comido, porque Teré todavía no se encontraba por esos lados. Nada sabía Yole, o acaso me ocultaba la razón de la tardanza. El día anterior habían peleado oscuramente de palabra. Y pensé si las hermanas siempre se desataban así, o el hecho ahora sucedido era extraño, y rara era la rencilla. ¿Pero cómo solían vivir las noches? ¿Se decían fragmentos de la opaca vida en el día? ¿Divagaban sobre la mañana que fatalmente llegaría? ¿Dormían juntas o separadas? Y si dormían separadas, ¿había entonces algún lecho disimulado en estancias que yo desconocía y ellas se comportaban como dos esposos firmes en el mutuo deshacerse?

Y Yole me nombraba a los hombres que habían llegado a la placeta, tal como se nombran árboles o fundos.
–Aquél es Testuzza –me dijo.
–Sí. Ya me fue presentado.

Ahora lo veía bien. Allí estaba, a un costado, casi de fiesta, la barba lacia y alzada, con los hombros fuertes y la cabeza delgada, anteojos elegantes, pequeña corbata de farfalla, camisa de cuello erguido, pantalones subidos contra el vientre aplanado. Alto. Era alto para la región, y pálido debajo de la barba, luminosamente pálido. Menos viejo que los otros, como Antonio, o acaso todavía no era viejo, porque hay distintos grados de vejez, y está la vejez que se acepta, y la vejez que nunca llega, y la vejez informe, en el insano deseo de emigrar y emigrar y no detenerse jamás ante vado de río o puertas de ciudad.

Y de frente a los senadores, un pie se le apoyaba pleno contra el piso caído, y la parte izquierda de todo su cuerpo voltaba hacia la montaña, detrás de aquéllos.

Testuzza no se animaba. Podía pasar de un universo a otro, y también algo a sus espaldas lo atraía, en el puente del Claro.

Era una niña, Lina, Linucha, musitó Yole, y tenía también cierto parentesco con la mujer de Antonio. Las manos atrás, Testuzza se le acercaba, y le hablaba de modo delicado, y después la elevaba hacia los viejos, como una joya de claridad. Entonces, Linucha miraba a la ventana. Parecía más pequeña aún, achatada desde mi ángulo de visión, con los rizos en primerísimo plano. ¿Esperaba que alguien le señalara la escalera? No tan alejados, no tan cercanos, nos intuíamos, y entre Linucha, Testuzza y yo se establecía el sólito deseo de seguir a la persona más vieja o a la persona más joven, y repensarse también, más viejo, más joven, en la necesidad de comprender el modo del viejo y el modo de la niña. ¿A qué luz repensaría Linucha? La vida vivida de un niño es un verdadero enigma de memoria. Y creo que de sus actos más recónditos y callados derivan de inmediato las palabras más insistentes e incomprensibles. Y los viejos las anotan en su mente y las mutan entre sí, llenando de sentidos enormes e irreverentes a las palabras ingenuas y doradas, las palabras que escapan de los labios como huevecilllos de Pascua, dulces, adornos. Testuzza anotaba también, porque sus ojos y su oídos estaban intentos. Era viejo entonces.

Extraño hombre, un poco más extraño que el resto de la compañía presente o ausente, más extraño incluso que Antonio y el propio Rino. ¿Qué podía ofrecerme Testuzza? ¿Qué podía tomar yo de él?

Y de la placeta a la ventana, de la ventana a la mesa con restos de comida, un aire circulaba, un aire de minucioso pensamiento que inclinaba mi cabeza y movía los cuerpos de Yole, de Testuzza, de Linucha. Acaso ya nadie pesaba, porque el valle acortaba las alas de las personas y les extendía la inteligencia de las bestias. ¿No actuaba yo como persona vergonzosa y aguerrida bestia? Le ocultaba mi rostro a Linucha y a Testuzza, apartaba los ojos de Yole. Simulaba, otra vez. Simulaba la paciencia, porque vivía un tiempo anormal, como la masa durísima de la carne de las jóvenes, y no sé si era tiempo o resistencia de la memoria al presente deseado.

¿Es que había pesado más otros días? Cuando mi padre se sujetaba la camisa contra el pecho –la estólida imagen de la camisa– y debajo buscaba la razón de una existencia inútil. Cuando mi madre pedía en la lluvia de agosto un hijo más del hombre a quien había querido – y el nuevo hijo traería la virtud del amor retrovado. Y otro día, todavía no pasado, cuando encendíamos los fuegos de San Juan, y era el último fuego de paz que recuerdo en la ciudad olvidada de sí misma, como otro sueño de sangre, y el primo Clemar, enflaquecido brutalmente en la prisión, saltaba de un lado al otro.

Clemar. Sobre la boca que tantas veces había gritado justicia, justicia, sobre la boca, y a los costados, le aparecían ya esas arrugas que hacen del hombre un simio y que ahora descubría en mí mismo. Y sus labios, sus labios avanzaban hacia el fuego, separados de todo cuerpo, y buscaban la vieja vida. Ejemplo de conciencia para mi padre, mal hijo y escándalo de la familia en la lengua de mi madre. Se acercaba, se acercaba, y el fuego le cubría la altura de la frente. Yo contemplaba, solamente. Contemplaba, o conspiraba también a su respecto. Porque todo hombre, alguna vez, ha sido objeto de conspiración. No es necesario ser rey o verdugo, o un amigo generoso que ha olvidado las reglas del juego. No es necesario haber traicionado una idea de amor, de pasión, de amistad, de revolución. Desde que se ha nacido, en el padre y en la madre, contra la vida establecida y contra la vida que se hará, se conspira. Y si conquistaras por ventura algún poder en la familia o en el estado, padecerás la presencia del pueblo y de la gente en pocos días, porque no sabrás dar el pan al último aldeano o a tu propio hijo, y ellos serán también conspiradores.

Los senadores se retiraban, cada uno por su triste cuenta. Linucha estaba de espaldas. Parecía demandar una palabra, una caricia mía. Y en el estado de viajero, sentí que si otras veces había bajado a la placeta, podía hacer de nuevo el acto, dejando de lado a Yole con una cierta crueldad. Pero el borde de los gradinos estaba comido, y así caí, una vez más, con las rodillas sobre el pavimento, como un promesante.

La niña se inclinaba sobre mí. Tenía una risa de contenteza que era la libertad. Testuzza fingía. O realmente ignoraba la caída, con el aire que acostumbran los sabedores de vida. Entonces, me alcé de golpe, y discerní la altura del hombre. Me pasaba toda una cabeza, y así pude observarle las narices de toro bufante que no acordaban con sus ojos de dulzura detrás de los anteojos —una dulzura apenas reposada, anterior a todo pensamiento.

Y sentados ya sobre el muro que daba hacia el Claro, Testuzza pareció dispuesto a recibirme. Linucha, alerta, nos cuadraba a los dos. (Son ciegos los niños: parecen ver y no ven, no ven y ya vieron, los llevas de las manos y son ellos que llevan, urgen a que les tomes la fiebre en las frentes y un minuto después buscan las hamacas y los girotondos.)

—Primero te extrañas, después comprendes —atacó Testuzza. Te he visto bajar de casa de Yole. Acostúmbrate. Deberás bajar tantas veces como días tiene la vida. Porque si bajas, aprendes. Aprendes si hay una escalera bajo otra escalera, y si ella te lleva a alguna parte. Aprendes a privarte cada vez más de las cosas, como si fueras hacia la vejez. Aprendes a confesarte sin que nadie te lo exija. Aprendes a querer otro descenso, que debe ser más lento, más firme. Aprendes a separar el dolor de tu cuerpo. ¿Me has comprendido?

–Yo soy Testuzza. ¿Te acuerdas?
–Así te llaman.
–Así me llamo solo.
–Cabeza grande no tienes.
–Tampoco tengo pies grandes, y nadie me llama piedicorto.

Era Testuzza, sin duda. Su cabeza estaba en el lugar que le toca por hábito a la cabeza, pero realmente él entero era cabeza, porque la palabra arrastraba a las manos y las manos tornaban más enjuta a la palabra, y cada palabra se estacaba de las otras y era como un alvéolo fresco en el oído mío. Testuzza, por ejemplo, decía kristo, y decía embratar y decía ferocía, palabras fuertes en las consonantes. Y si esas palabras se dicen suavemente como las decía Testuzza, ya está creado el divarío entre el conjunto y la parte, ya el oyente ha percibido que una cosa es el hombre que habla y otra cosa es el sentimiento que en él tiene el primer orden.

Entonces, me puse a escuchar. Mi deber era transcribir y, si quería hacerlo, el hilo del oído a las manos debía estar colmado, tenso, de modo que el tiempo hasta la escritura permaneciera muerto, sin la capacidad de reacción que suele animarle contra las palabras mal sedimentadas. Y Testuzza no era el campesino que dice cosas grandes y eternas sobre el mundo. No era el supérstite de la revolución rasgándose el pecho de derrota. No era el emigrante citerior que ama a la ciudad cuando vive en el país, y en el país llora por los paisanos que en el país quedaron. No era el padre de familia, no era el hermano escabroso, no era el señor cruzado de brazos.

¿Comprendes, comprendes?, me decía. ¿Me comprendes para mí a ti? ¿Capiscistivu? ¿Pero quién ha comprendido la biblia? Testuzza hablaba y era un delirio de significados. Hubiera necesitado volver atrás a cada momento, como si estuviera frente a la moviola y, después de retener la manivela, echar ojos y oídos contra el oscuro contorno de personas y palabras, y abstraerme del foco o punto luminoso que confunde todavía más el gusto, la elección. Un átimo, un átimo. Pero fue imposible, y las palabras me sobrepasaron.

–Ha oscurecido. Kristo está muerto –me dijo Testuzza. Todavía no fuiste a mi botega, porque acaso no tienes apetito. Pero escúchame: nunca describirás bien la batalla si no conoces el lugar. Es Testuzza que te dice.

XVI

El sol ya estaba escurriendo al extremo del pueblo bajo o cataforío, donde decían que las acequias estallaban en excrementos hacia el verano. Más arriba, algunas casas fosforescían, distintas de la arcaica blancura del valle. Se hacía la hora de buscar el lecho para esa noche.

Dudé. Linucha, desde la escalera, de algún modo, me llamaba. No hacía ningún movimiento que me indujera al criterio de mi propio movimiento. Tampoco hablaba, y no era necesario. Los niños silenciosos poseen la inmensa propiedad de observar a quien se siente desconocido, de no preguntar el nombre, de reírse en sus barbas y no decir por qué. Sutiles como los obispos, sinceros como los jóvenes amantes, en ellos debe penetrarse lentamente y debe permitirse también que nos lleven a su reino sin el temor habido a los padres. Y Linucha era capaz, era capaz de conducirme a la luz, la última luz de ese día.

Y como deseaba que ella no hablara, yo también callé. La vida en el país me había vulnerado la facultad de pensar y de expresarme sin separar un acto del otro. Ya todo era más lento para mí, con la rara sensación de que el tiempo era insuficiente y sin embargo demasiado extenso. Los continuos hiatos daban a mi cuerpo en el caminar y comer, en el erguirse y disiparse una diversa posición, un temblor semejante al temblor de las tierras. Y ahora que Linucha no hablaba y yo tampoco hablaba, la morosidad se hacía suprema, y me sentía un habitante seguro de la región, nacido regularmente treinta años antes bajo el Carmen, y que todos los días hiciera el camino de lajas y guijarros, secos o en la lluvia.

Y al pasar, un hombre se inclinaba sobre sus propias narices, como si buscara en el suelo memoria del cognomen o antenados míos. Alguna mujer se cruzaba sostenida por dos oscuros ángeles, delgados como hierbas de invierno, y todos ellos tenían una risa nerviosa y se golpeaban cercándose con los codos. El carabinero simulaba no tenerme en cuenta, mientras llegaba el descampaníu del Carmen o la Anunciada. Delante, la madre de Linucha llevaba el cántaro sobre la cabeza. Caminábamos, es cierto, y sin embargo pronto estuvimos en sombras. No sabía adónde iba, como los gatos.

Así, caminando, entré a la casa con la madre y con la hija. ¿Pero quién había abierto la puerta para mí? ¿Por qué había subido? ¿Repetía con el tiempo alguna subrepticia historia de mi padre o del tío Antonio? Observé, una vez más, como para no desmentirme el vicio. Allí había el sentido de dignidad que viene del asoledarse justamente una mujer con la hija que también es mujer. En las paredes, un solo retrato de hombre apeso, un calendario fuera de años, el santo con los ojos despalancados que me misuraba. Y amigas entre sí eran, porque la mujer había servido la mesa y la niña recogía después, con una sonrisa beata hacia mí, y parecía un hábito aprendido alegremente, como un juego de contenida gravedad. Pero Linucha tenía el sueño que le salía por los ojos, y fue la madre que terminó de aparejar.

Se llamaba Antonia, así como sonaba, casi el nombre del tío sobre aquel cuerpo, y no me pareció nombre de mujer.

—¿Eres casada, eres viuda? —le pregunté.

—No lo sé.

Y entonces, Antonia me contó confiada la historia del padre y esposo lejano. Lucano se llamaba él, y sería algo más anciano que yo. Tenía dos posentes brazos, acaso el único motivo del amor de la mujer. Los primeros años del matrimonio habían sido buenos, con Linucha recién llegada y algún trabajo siempre por hacer. Después, a los treinta años, disperso ya el estado de padre, Lucano se fue del país, y varias primaveras pasó en la promesa de llamar a la esposa y a la hija: habría de ser cuando las expensas fueran menores que las pagas. Y como resultaba fácil confundir las estaciones a un lado y a otro lado, las primaveras se sucedieron, y Linucha que crecía con la belleza de los seres abandonados, enmudeció cuando se hablaba mal o bien del padre y también delante de ciertos hombres, jóvenes o bárbaros.

Ahora, Lucano estaba muerto o fugiasco en el sol de Australia, y Antonia me decía del hombre con deseo desvanido en el odio. Quería saber, también ella quería saber. ¿Por qué no volvía el hombre? ¿Qué mal le había hecho? Y era una reflexión apenas expresada, pero que a mí se indirizaba, como un desahogo de su alma conmigo. Pero la casa se podía cerrar sobre mis ojos en cualquier momento, y una ola de furor se hubiera combinado con piedad, el temible furor, la temible piedad de las mujeres.

Me llevé la mano a la frente. ¿Tenía la fiebre, la fiebre del cuerpo? Por lo menos, así me sentía. En pocas semanas, había pasado del lúgubre verano en la ciudad al flébil invierno del país. Mi cuerpo no conocía agua franca desde Nápoles, en aquel hotel de puertas bucadas a la altura de mirada y jóvenes sirvientes que espiaban. Otro tiempo, otro lugar, y las manos de mi madre me hubieran indagado el pulso, sin necesidad de medir exactamente, y ella habría dicho tienes o no tienes fiebre. Pero la mujer presente no podía llegar a mi frente y tampoco a mi pulso.

Y cuando Antonia abrió la cortina que daba a la cámara, me acerqué a sus espaldas. Linucha dormía acovachada sobre sus piernas y con el rostro hacia adelante, como si quisiera entrevernos también atrás. Algo del padre tenía en las facciones: los ojos, un poco abultados en los párpados, la frente, que revelaba parca serenidad. Y con la mujer siempre de espaldas, del rostro de Lucano sobre el rostro de Linucha, una primera imagen de Antonia apareció en mis propios ojos. Madre e hija se semejaban en la nariz, en los cabellos, en los pómulos. ¿Dónde estaba expresada entonces la niña, antes que el padre y la madre? ¿Cuál era su rasgo original o más viejo que el padre o la madre, como es el timbre de la voz o la música general que de él deviene? Acaso los labios abiertos entre sí, que dejaban escapar también algún rumor del sueño, en la mala respiración. Acaso la mano apretada, que reposaba sobre las cubiertas.

La luz era escasa, reflejada de la antecámara, y observé lo que pude del sagrario. El lecho, enorme, no tenía crucifijo, y las cubiertas conservaban netos los colores primeros, el rojo separado del azul (como el saquito y la blusa de Ana), los flecos limpios y escandidos por la brisa aparecida en el aire, la brisa templada que empezaba a llegar desde el sur. La almohada no larga y aparentemente pesada, como un rollo blanco. No había otra cama, porque Linucha estaba sobre un borde, y el resto quedaría para Antonia.

Y al darse vuelta, sin esperar palabra mía, Antonia me dijo:

—Puedes quedarte, si quieres.

No se trataba de una sola visión. Acaso semejaba aquella muchachita de nombre francés que pasaba en los mediodías de Boedo, con la sonrisa pura. O la amiga de casa llamada Renata, tan rebelde de ánimo como la palabra de los anárquicos. O la joven madre de Clemar, que parecía vivir en constante desesperación. No se trataba de una sola visión. De mujer tenía los pechos en punta, los flancos abiertos, los cabellos, que ahora estaban sueltos. La frente se le había aclarado, y las manos se le entretenían en el propio cuello. Era bella Antonia. Bella y triste. Porque la mujer puede ser bella y triste a la vez, rigurosa y amante, parsimoniosa y alada. Y fuera de ella, también es belleza, con su mismo modo, el caos más visible o el orden más íntimo y repuesto. La dramática expiación en las plazas y el silencioso derrumbe. Es belleza la extraña unidad de espanto y dulzura, la simetría de la primavera, los gallos taciturnos de vejez. Y el fuego ya no ardía. Sobre la silla había un pequeño aro. La mujer se secaba la sangre, una gota, solamente una gota.

—¿Maltratas tu cuerpo? —le dije.
—¿No sabes que la mujer y el hombre que no aman se tocan a sí mismos como si fueran niños?
—¿Tienes a alguien en el país?
—No. Solamente a Linucha.
—No estás sola entonces. Tienes una hija, y los hijos son un buen propósito de vida.
—Diez años.
—¿Diez años?
—Sí. Diez años más desearía vivir. La hija repite la historia de la madre en el tiempo largo y en el tiempo

corto. Linucha debe estar preparada, Linucha debe saber, debe comprender. Diez años, diez años pido, nada más.

Saber, comprender. Muchas veces había escuchado antes las palabras que Antonia me decía ahora. Y era palabra de frailes, de políticos, de hermeneutas. Acaso yo también había pretendido comprender como todos ellos, a través de la razón y de la fe, apresando de cada cosa la certeza total y la intención pedagógica. Pero no era ese el sentido que le daba a la palabra Antonia. Y la fiebre del cuerpo me obligaba a buscar en mí mismo una serenidad diversa, la serenidad del hombre que viajaba y que quería detenerse y que hacía del viaje rebelión contra los viejos modos enseñados.

La fiebre, el delicado instrumento de la verdad. ¿Es que alguna vez había amado a alguien? Antonia era solamente una figura en el relato, como si un abrupto desprecio mío la hubiera dejado ya en sombras. Me decía: no hay amor posible sin residencia, amor a la mujer, a la tierra, a la ciudad. Y la residencia exige un tiempo, que puede tener dimensión de vida o de estación, pero nunca la brevedad de una noche.

No. La fiebre pasaría, pasaría como una incertidumbre más sobre lo acaecido, y no habría otra claridad en cuanto a la diversa mole del saber y el conocer, del origen y la causa, la propiedad y el odio. Ya no era tiempo de signos claros. Se era uno y se era otro. Los ríos se deslizaban y estaban sin movimiento. La montaña era un temblor alzado por milenios. Las lluvias se derramaban así como la sangre busca los ojos de cada criatura. Nunca había sido tiempo de signos claros: esa era la única verdad. El hombre observaba el gesto de la mujer, después hacía un gesto propio y la mujer ara otro gesto, y ambos aguardaban la luz. No había nada más por comprender.

Le busqué las manos. Parecían frías, como si hubieran apagado para siempre el hábito de hombre. Y una muda alegría me sobrevino, porque nadie había entre la mujer y yo. La ciudad no me había dado la mujer deseada. La ciudad, adonde había llegado mi padre después de la guerra grande, la ciudad de semanas trágicas y endiosados compadres, la ciudad de cafés brumosos y fondas fragantes de cebolla y de ajo, la ciudad, que amanecía con los pies descalzos y pasaba el día buscando el mendrugo. Era allí que al hacerse noche las jóvenes ensombrecidas se me aparecían y mi mano las buscaba en el lecho y en el borde se afirmaba, y entre mis piernas agudas y la calle silenciosa surgía una enorme masa semejante al cálatro de los ríos y al basamento eterno de los mares, y acaso era el masculino terror al origen de la vida. Y mi cuerpo quedaba ajeno y desnudo, como una imagen de peste, como una imagen de resurrección.

Mi padre, mi padre me había dicho un poco entre dientes: la mujer no es capaz de pensar más allá de lo que el hombre pide. Y el hombre que pide del pecho de la mujer una respuesta al misterio de la madre, ese hombre sólo tiene el desprecio de la mujer. Nunca, nunca le digas a una mujer que la amas, nunca le digas que no te abandone, porque será todavía más innoble contigo. Y si el hombre pide a la mujer la respuesta al misterio del mundo se arriesga a los cuernos, porque él mismo está dispuesto a comprender infinito y perdonar, perdonar. Y también me decía mi padre: apenas pedirás un poco de consuelo, y aun así te arriesgarás a los cuernos, en cuanto la mujer te confunde con el padre o con el hermano y piensa que eres un flojo. La mujer, la mujer primero te traiciona en el juicio y después en el sentimiento. Y también te hace el mal con una sonrisa en los labios.

Entonces le dije a Antonia:

—No quiero hacerte daño.

Y lo dije para bien, no para mal, como se dice a veces.

La ventana se había abierto otra vez. El cielo todavía fosco estaba ocluido a los costados del valle. Ya se haría visible el barlumen del día que seguía, y yo estaría diciendo madre mía. El deseo me oprimía, pero sentía que repentina vejez me buscaba el alma, y del deseo hacía necesidad de exterminio, y no había otro cuerpo que el mío y a él volvía como si la mujer se hubiera ido. Y diría madre mía hasta el último momento de mi vida. Diría madre mía en el amor absurdo y cuando la mujer me dejara por otro hombre más joven. Diría madre mía cuando el médico se burlara de mis males, y diría madre mía cuando me anunciara la muerte de mi madre y cuando me ocultara la proximidad de mi propia muerte. Esa clase de hombre era yo. Cristiano, solamente cristiano, per ogni tempo.

Y Antonia me despidió diciendo:

—No vuelvas más por estos lados.

XVII

Al bajar, ya era día, y la fiebre, como yo pensaba, había pasado. Entre la puerta de Antonia y la vuelta que daba el vico había uno o dos saltos, y los hice sin pensar demasiado. La calle abriría seguramente hacia la placeta. Pero no era así, y se cortaba ciega a pocos pasos míos, contra una fachada alta y florida.

Y el tío Antonio estaba atrás. Los brazos de piedra, sus tres ojos de Polifemo abnorme fijos sobre mí. ¿Había esperado abajo toda la noche? Sin decir palabra, me preguntó todo. Me preguntó si me había extendido con la mujer y si la mujer me había respondido como responden las putanas a los hombres honestos, con el cuerpo orgulloso o el cuerpo sometido. Después me preguntó cuánto tiempo hacía que no conocía mujer y si mi cuerpo era nuevo con mujer de país, porque Antonia era mujer de país y yo era hombre de ciudad, y así nos habíamos despedido. Y me preguntó cómo había subido a la casa, si me habían llamado o fui por cuenta de mi cuerpo inquieto. Y si Linucha estaba presente cuando nos consumimos juntos. Esta vez me aferró el brazo. Quería sacarme de allí. Tenía el olor de vino grueso.

El río estaba más alto. Algún breve e inicial deshielo había sucedido ya en la montaña y Antonio me señaló aquella parte lejana del país donde las aguas nacían. Las estrellas todavía esplendían delicadamente. Un hombre, un solo hombre cruzaba el puente. Llevaba un pañuelo entre los dientes. Algo se buscaba en los bolsillos. Era Rino.

—¿Qué quieres, amargo infierno? –le gritó Antonio. Todavía escampas, asesino.

—Siempre es bueno escampar –respondió Rino.

—Aun te maten.

—Aun te encuentre a ti en el camino.

—Puede ser igual cosa.

—Me corriges... Eres mi maestro.

¿Qué edad tenían los hombres? De Antonio sabía algo: era mayor que mi padre, y mi padre con vida hubiera tenido sesenta y cinco años. De Rino, en el coloquio, sólo había discernido el comienzo del envejecer, cuando el hombre pierde la noción de buen movimiento y se pone a barcolar como si tuviera el mundo hecho vino encima, y sin embargo no bebió una sola gota.

Ahora se afrontaban como dos gallos insomnes, y volvían atrás, volvían a un tiempo anterior a las muertes escuchadas o soñadas por mí lejos del país, las muertes que no habían sido de pacífico lecho, si es que algún lecho de muerte es lecho de paz. Cuerpos golpeados y destroncados en la furia de los días de fiesta, arrastrados por los vicos, sin saberse si estaban vivos o muertos y si todavía quedaba un terror de las manos del más fuerte. ¿No sería ese el destino del cuerpo de Antonio o del cuerpo de Rino, delante de mí mismo?

Y Antonio hacía la finta de los boxeadores: Rino contestaba moviendo la cabeza. No se golpeaban. El sol ya tenía más vida y los hombres se sentaron con los pies que les colgaban del parapeto. Miraban el fondo del río, y pensé que nada sucedería. Sí. Porque éramos todos un poco hermanos. Quienes se habían quedado a vivir en el país, los ambulantes, los traidores, los hijos de los traidores, Filipo emigrado, las primas clausuradas. Eran hermanos los senadores que todavía dormirían con el pensamiento de la riqueza que no llegaba. Eran hermanos Testuzza y mi padre, unidos por la fabulosa idea. Eran hermanos el prévite y el jesucristo del país, elegido en el pueblo bajo.

Y hermanos pero enemigos, tenían que achaparse. Me recosté contra el parapeto, sin refugiarme. Esperé, esperé que Antonio le buscara el cuello a Rino, hasta hacerle renegar la palabra fascista que había dicho. Y Rino escapó, o Antonio permitió que, renegada la palabra, se rehiciera. Después, la cabeza baja, como las bestias de cualquier tierra, corrió contra los collones del tío.

–Ah, ¿quieres golpear al hombre? –gritó Antonio.
–¿Tú eres hombre?
–Más que cada subversivo.

—¿Y tú eres el orden?
—Discúlpate.
—¿Me quieres cantar la ópera?
—De rodillas.
—Marchido estarás.
—Ahora te deseo muerte.
—Cántame entonces.
—No mezcles la navidad con la pascua.
—Apenas he nacido.
—Ah, tienes las fajas…
—Sí, las fajas del diablo.

La voz de Rino era semejante al sordo brontolío de Antonio, y eran parecidos los razonamientos. Ambos hablaban de un pasado, ambos querían descubrir de un golpe el alma ajena, ambos querían revelarse. ¿Tenía también Rino las manos nuestras de parte de padre, iguales en el pulgar, dislocado como un saltimbanqui? Acaso podía sospecharse realmente un origen común, una enorme familia todavía sin apellido y con los nombres de oficios que trabajaban el cuero y las maderas, el agua y la redondez, el filo de los raseros y la inmondeza de los albañales. Y acaso era el valle delator que daba a las personas el sentido de escasa contención con el otro, o era el sol que todo lo traspasaba o era la sombra que todo lo escarnecía.

Y Antonio se descadenó y era un solo puño sobre Rino. Ahora comprendía mejor. La familia era violenta. Al desorden en que me había criado, vestido de orden, entre el padre y la madre de quienes no percibía mutuo amor, entre el fin de una guerra lejana y el comienzo de un nuevo tiempo, inútil para nosotros; al desorden surgido entre el sentimiento de las ideas heredadas y la burla de ese nuevo tiempo; al desorden que significaba buscar en el corazón materno la imagen de una bondad absurda y encontrar después la perversión de los sentidos y de las armas en la paz, a todo ese desorden y al antiguo e infinito desorden que la familia había vivido entre montaña y mar, altura y valle, país de cucaña y país de zapadores – violencia era la única respuesta. Y era violencia la muerte de mi padre. Eran violencia las figuras de santos sobre las camas, el oscuro tejido que había entre mi madre y la abuela. Era violencia el canto reprimido, mi gula de viajar, el quedarse, el partir.

No había escampo, no había escampo.

Todavía el fascista golpeaba bien. Pero Rino hacía el pie de gallo, y se agachaba, dejaba que Antonio se acercara, golpeaba él también. Después, los dos hombres se separaron contra el suelo, y Antonio fue el primero en alzarse. ¿Quería matar, quería matarse? Pasó a mi lado, fue otra vez hacia Rino. Entonces, en el puente, apareció Teré.

Tenía los zapatos retintos, de hombre, cargados de empeine. El barro, acaso la Morsiddara, les había dado otra fuerza más contra la parte baja de las piernas. No dijo una palabra, y se acercó a Rino, que tenía la sangre sobre los ojos y la cabeza tocada, a un costado, como si el puño de Antonio hubiera saboreado la región más débil. Le pasó la mano por la frente, murmuró contra Antonio y el mal fascismo de su alma, porque ella había sabido fascistas honestos. Y buscado el río otra vez, lavó sus heridas.

Y me pregunté el porqué de la caridad de Teré y quién era realmente Rino. El ojo celeste de Siciliano, mientras tanto, nos miraba y no nos miraba desde la altura. Acaso ya no teníamos nombres.

–No nos abandones –me dijo Teré.
–Ahora yo soy Cristo, Cristo sin padre, y tú eres Dios –se rió Rino.
–¿Te sientes el cuerpo? Buena sangre tienes, se te ha rapreso –le dijo Teré.
–Sí, soy frágil de memoria. Ya he perdonado.
–Te colpirá otra vez.
–Seguiré vivo, seguiré sangrando.
–Te matará, te matará. La muerte no es nueva para él.

Desde abajo, las escaleras aparecían dibujadas como un escorzo de niños. Las líneas se rompían por la luz crecida, y una especie de sombra devoraba el rellano a los costados, de modo que parecían las arrugas de un cuerpo reclinado sobre sus rodillas.

–Un día seremos más hombres –me dijo Rino–. Daremos un salto, un pequeño salto hacia adelante. Y tú te hallarás con la mente clara y me dirás cuál es tu verdadera patria y tu verdadera lengua.

—¿Qué persigues en tu vida, Rino?

—Los males que todavía no tienen máscara.

—No te preocupes. Nadie nos recordará, porque no tenemos poder, y ningún mal nuevo, ninguna máscara, podemos crear.

—Tampoco recordarán a Antonio. Los golpes que me dio no me han matado.

—Si te encuentra otra vez en su camino, te matará —repitió Teré.

—Tampoco te preocupes tú. Los infelices reciben bien a la muerte —dijo Rino.

Subimos las escaleras. Antonio, como el más humilde de los hombres, esperaba, la cabeza entre las manos. ¿Había llorado? Se levantó, tentenaba sobre sus piernas.

—Deja que te bese. Bésame tú, bésame la mejilla, como un hermano, y yo te besaré la frente. Es hora, es hora, abrázame —le dijo a Rino.

—Buen caíno eres.

—¿Por qué no me dices dónde está Vastasu. Tú has visto cómo lo trucidaban, y nada hiciste. Fuiste testigo y eres culpable.

—Por qué no me dices dónde está Nicodemo?

—Busca en el mar.

—Sería un viaje crudel, tan crudel como tu puño.

—Cuídate, cuídate del coltello, porque el puño es nada —dijo Teré.

—Ahora si quieres hago de muerte. Ahora te digo la

oración. ¿O prefieres que me burle de Cristo? —contestó Antonio.

—Búrlate de tu madre. No toques a Cristo. A Cristo no lo mires.

—¿Y tú, que tienes las dos familias en la sangre, no opinas, no sientes? —se volvió hacia mí Antonio—. Emigraste y no eres un rey. Tus cabellos son como la amarga achicoria que comen los viejos malados. Tus narices me fiutan como si oliera a tumbas descubiertas.

—Colpirás a tu nepote también —dijo Teré.

—Mal bautismo quieres darle.

—¿Pero tú, crees en el Señor? —me gritó Teré.

Y sentí que se arrojaban sobre mí, y que de mí querían apropiarse. Me acusaba Teré, me acusaba Antonio. Rino no se movía.

Y el tiempo pasó sobre nuestras cabezas, como pasaban algunas nubes que llevaban las lluvias hacia el norte y las primeras mujeres que iban a las misas. Antonio y Rino estaban cada uno a sus costados. Teré nos había dejado y cruzaba la placeta hacia el Carmen, mientras Yole bajaba de la casa, reperible desde mi ángulo, de espaldas ante los ríos. Los hombres se miraban las propias manos, y no había guerra ya entre ellos, pero tampoco había paz. Nadie me conocía. Las horas extremas se tocaban: era un alba, era un ocaso. Miré a la otra esponda, que era un gris destello, un vuelo sin sentido. Nunca cruzarás, me dije. Nunca alcanzarás la página límpida y feliz.

Ahora me quedaba Testuzza.

XVIII

—Tenemos un buen comienzo... Has cumplido, hablaremos presentes... Debería contestarte primero lo que dijiste: todos fuimos derrotados...

La botega de Testuzza estaba en el fondo del vico que bajaba desde el borde superior del país, allá atrás, donde la tierra ya franaba y el oído podía presumir el tiempo de vida entre una mañana y otra mañana, entre el primer vagido de niño y el último posible despertar a la hecatombe. Así, Testuzza decía con todas las palabras pertinentes que este país de mierda pronto se iría también a la mierda, y nadie comprendería en tal momento si el país iba o venía, con los pantalones y las colombinas de verde a la cabeza del cortejo, el prévite, el barón, el mariscal de carabineros, los tenedores de tierras, los músicos que ya no eran del rey, los fascistas esperanzados en la revancha, las mujeres fanulonas.

—¿Quieres que cerremos la marcha? Yo iré con el zapato en la mano, tomando la medida de las cosas. Y tú, ¿qué llevarás contigo? ¿Qué oficio tienes realmente? Todo el país quiere saber de qué trabajas y qué buscas...

Testuzza no separaba los ojos del trabajo. En la botega, su voz sonaba más ligera, más cauta, como si lo estuvieran escuchando otras personas. Los anteojos se le deslizaban en el puente sobre la nariz. Su mano izquierda recurría al cigarrillo junto a los instrumentos. Y era un gusto ver cómo el hombre y la mano no se equivocaban y una vez empuñaban, otra vez tocaban con dos dedos y llevaban a los labios el consumido cigarro.

Y me pregunté si él también pensaba como Antonio, en rara combuta. Tanto odiaban, tanto odiábamos, y el odio era una forma del propio terror de estar solos. ¿Tenía hijos Testuzza, tenía o había tenido mujer?

—¿Eres poeta, eres sastre, qué eres? ¿Eres dramaturgo, eres regista? ¿Quieres escribir una teología? Tus manos son finas... tienen los dedos como hojas de una fórbice pequeña. Tu padre tenía dos hojas, tú tienes cinco. Las hojas se multiplican... milagro... ¿Me comprendiste? Tu padre buscaba libertad, ¿y tú, qué buscas? Vienes cuando otros se van... Eres anticamente rojo, y empalideces... Te has cortado en dos, y te propones la familia cálida......... Ves... Mi mano es capaz de llegar antes que los ojos, y mis ojos son capaces de llegar antes que mi mano al zapato... y si me colpisco alguna vez... porque me colpisco, sabes... me colpisco como un rebambido... ¿es culpa de mis ojos, es culpa de mi mano, puedes decirme?... Me comprendiste... Siempre encontrarás el fuego y el agua, la tierra y el aire... y por más que revuelvas el universo, al final, nada más encontrarás... Y encontrarás también a la fiera que todavía ladra en el poder... los gobiernos que se entintan de sangre y gobiernan a las bestias y conducen a los condenados... Todo es la misma crema, ¿me comprendiste?......................... Y cada hombre es una provincia, en el doble sentido. Primero, el hombre se destaca de la madre cuando todavía no nació... porque de otro modo no se movería en el grembo. Al ver la luz, ignora al padre, y a los otros parientes los amará si le dejan un poco de bizcochos y le juegan alrededor como simios... Crece, y de los demás se ocupa cuando el deseo de tenerlos está vivo. Bruto puerco el hombre... Segundo: el hombre es provincia porque sólo cree sincero lo que ve, y lo que no ve ha de creerlo por fuerza de temor a la muerte y amor al desconocido... vale decir, por sujeción a algún señor... Y tú, ¿has venido a demandar este hombre? ¿No lo tienes ya en tu provincia?

¿Le habían dicho, había adivinado? Apenas pasada la puerta, que estaba cerrada, me aditaba una silla. Pero no me senté en el acto, porque quería mirar con cierta libertad, y la silla me hubiera quitado los ojos de la calle por donde alguien pasaría vagando, y Testuzza diría como estaba diciendo: ah, estos puercos me recuerdan... Y agitaba el dedo contra el aire, con amenaza paterna. Pero todavía le faltaba, todavía no había llegado al fulcro.

—Mira este zapato. Alguien lo compró, pero nunca volvió por aquí. Pues bien, igualmente tú buscas el fundamento, ¿no es cierto? Tu madre te habló el dialecto, porque nuestra juventud no practicaba casi lengua. En la escuela tuya, emparaste el castellano... Pero tu mente, ¿qué hizo con la confusión? ¿Pusiste palabras del dialecto en medio del bello discurso español? ¿Tocaste las entrañas del orden, y en lugar del verbo se te ocurrió implantar un sustantivo, o donde corresponde la o metiste una u, como es nuestra usanza? O has preferido articular el sonido con el pensamiento en las aguas más inquietas, en el fondo de ti mismo. Forse es mejor así, forse serás un infierno del vocabulario.................... Pero no temas el error. Tú no eres el Señor. Soltanto los viejos no tienen derecho al error... Mira... Los anteojos ya no son míos, la barba me ha disparido, en la cabeza los cabellos se me hicieron foltos... No soy Testuzza... Soy un potente, un antiguo español, un fascista muerto, lo que tú quieras, pero nunca un viejo zapatero... Entonces, te diría que debes expresarte claro, que todo el mundo debe entender lo que dices, también un niño, que siempre has de saber adónde vas con la pluma... No te preguntaré si estás sereno con tu expresión después de anotar, y si puedes dormir como un hombre pleno en los días de soledad, pobres de afectos y ricos de palabras... No te preguntaré si vives de la palabra, no te preguntaré si has emigrado violento o pensieroso .... Tu familia antigua siempre te imaginaba, y decía por el país que tú eras abogado... Pero llegaste, y fuiste profesor... Tienes la estampa... No eres alto, los anteojos los llevas mal calzados, como este viejo que te habla... los pantalones gruesos de rodillas... Observas y te observas, y así será en este país y en el otro país. Pero aquí, aquí... más te observa el país que tus ojos interiores... No estás acostumbrado a la mala fe del valle... y los hombres son peores que las mujeres... petégolos, holgazanes, dados a la cantina. Aun el tío no es el más bruto... Si te quedas un tiempo, te mostrará más dulzura que fuerza... y verás en él otro padre, la parte buena del hombre... Tu tío Antonio...

Y Testuzza, una vez que cambiaba tema, se tomaba un corto respiro. Pero entonces no le di tiempo y antes que atacara le pregunté qué razones ciertas tenía Antonio para odiar un poco más que otros hombres, y si algún hombre es incapaz de odio:

—Seré objetivo —me dijo Testuzza. Te contestaré las dos cosas. Empezaré por la segunda... El odio, el odio... ¿qué entiendes tú por odio?

—El deseo de mal a los otros.

—No basta. Algo más se necesita de parte de quien odia y algo menos de parte del odiado. El que odia debe ser inocente... Te explicaré... Un hombre se levanta a la mañana y cree que el mundo ha cambiado... y los enemigos correrán a abrigarlo por el pecho y no por la espalda, y los amigos todavía vivos le contarán noticias francas y hermosas sobre los hijos, y la mujer legítima le servirá un vaso de agua que soltanto es agua antes del trabajo... Ese hombre que se levantó así creyente, tiene la inocencia... y si el enemigo le golpea la nuca y el amigo le llora en los brazos y la mujer no es legítima, ya le ha surgido el odio. Pero el odio no ayuda a ser más libres........... Y el que es odiado, tiene de menos lo que el primero tiene de más. O te diría... tiene la fe diversa... cree que el bien y el mal nacieron juntos y juntos se llevan hasta la tumba, sin suerte alguna de comprensión... Y el que odia, te da una bofetada después de acariciarte, y vuelve a acariciarte si tú, que odias, le das una bofetada... Interpreta bien. Si este segundo hombre ha dormido continuo y se alzó con la cabeza limpia, tú quieres que odie... Si ves en él toda la belleza del mundo y él te calpesta olvidado de tu amor, si tú calpestas a la vez, entiendes... si él soltanto te dice buen día... quieres que odie. El segundo hombre tiene de menos la culpa y por ello es inocente.

—Nadie es culpable entonces.

—Nadie es culpable, y todos somos culpables, y te diré: habría que matar a todos los inocentes, y así, los culpables serían más culpables.

—Y ahora te contestaré la primera cosa. Antonio, hijo de Rosa y de Roque, hermano de Vastasu y de tu padre, esposo de Rosa, padre de un solo hijo, Nicodemo. Nacido en los últimos años del siglo transcurrido, llegado a la edad en que no se es niño y no se es hombre, Antonio —'Nto llamamos nosotros, y no te digo que intentes pronunciar como es debido el consonante del principio... deja pasar—, Antonio, enfiló la Marina como tantos, y fueron uno dos o tres años y no mandó una sola carta a la madre, y repetía la historia del padre y también de otros tantos... Después, se anunció algunas veces, y al volver, ya era soldado...

"Había crecido tantos palmos, que la cabeza de tu padre le llegaba a malapena al pecho, y hubo quienes se demandaron de qué padres venían el uno y el otro... Tu padre lo acompañaba a todos lados, maravillado, porque el hermano sabía dos o tres lenguas de viajes... y si lo escarbabas, era una sola lengua de macarronería... porque Antonio saludaba con el inglés en la boca y se despedía en castellano, framezclando en el discurso la cantada zeneize y la andadura de los regitanos... Tu familia, como ves, tiene afición a las lenguas...

–Tú sabes de lenguas, me han dicho.

–Un poco.

–¿Has viajado mucho también?

–No. Mucho tiempo estuve viviendo en Milán, y hacía tantas cosas... los zapatos de seda plateada, uno por semana, para las principesas del gran abono de la Scala... todo hecho a mano, en el viejo estilo...

–¿Has leído?

–No. He conversado. Si el otro habla más que tú, puedes aprender. Por eso te hablo, por eso tú me escuchas.

–Era muy atrevido 'Nto. Inventaba la lengua, inventaba la historia. Yo me acercaba a las reuniones que se le hacían alrededor... y hacía que no creía lo que escuchaba... y él se enfurecía... Nombraba uno a uno los treinta y nueve perros de D'Annunzio y decía que lo había saludado con sus propias manos en el Fiume... y hablaba de las mujeres, siempre las mujeres por cuatro centavos o por la gracia del hombre... y hacía el catastro pelo por pelo y zapato por zapato de cada una... y saltaba a los puertos donde los cristianos llegados de ultramar eran revisados en los piojos la disentería el escorbuto la malaria la tiña la sarna el morbo gálico... todas las bellezas que te pueden aparecer como flores en la piel y en las vísceras... Y N'to seguía diciendo de las ciudades visitadas... y había miasmas de alcanfor anís eucaliptus creosota formol achugas legumes calabazas, talcos, ciprias de mujeres para bien, mutandas y mutandinas de toda clase de muchachas, intónaco de paredes, acaroína para las pozangueras y los mingitorios..................... Imagínate... que todo se freía con el aceite de oliva llegado del país... y en la boca se recordaba, y N'to sacaba del óleo amor y odio por el país, y decía por nada del mundo lo cambiaría, por nada del mundo volvería a ver cómo se hace el óleo en las prensas y las manos que pasan le dan el sabor de los panes y los hombres... Y yo estaba seguro... muchos nombres de ciudades eran fábulas de N'to... y me cansé de buscar en las cartas y he encontrado Toronto y Siracusa de América, Filadelfia y Rosario... pero nunca he rentrechado Minisaglia, Pernobello, Dacata, Cinquemort, Guasantonio, Bellamore, Bruccandino... Forse era el vino destructor que le ubriacaba la lengua... y la polémica con el aceite respondía también al vino, porque no hay paz en el alma si bebes demasiado y te dedicas a confundir la dignidad con la cobardía y la muerte con la eternidad............... ¿Nos canzonaba N'to? ¿O él propiamente se creía los desvaríos? Y yo tenía la duda, porque siempre he sido respetuoso de dolor y locura de hombre... Y cuando Antonio se esposó, pensé que se acomodaría el cerebello, ya que la mujer era la brava hija de Ercole de la familia de los amaros, y los amaros tenían fama de derechos... Pero no fue así, y fue más bien el contrario... Es más fuerte la seducción del vino que la brama de mujer, o los dos casos se golpean en el lecho... o si prefieres, el vino altera a la carne y reduce al hombre a un dedo minguerlino. Y si no te proporcionas a la vida presente, si quieres ser más de lo que eres, terminas mordiéndote los codos como los perros de los fundos abandonados, y después que te has cansado de morderte a ti mismo buscas afuera, y muerdes el primer hocico que encuentras. Muerdes en el lugar donde ya está el dolor, la madre, el hijo, la idea......... Era el vino que le forzaba el cerebello a N'to, y le forzaba también la mano, y la mano se le rompía sobre la mujer, que de noche no gritaba, y de día disimulaba los negros golpes con aquella risa jocunda que tenía y las ropas que le cubrían el cuerpo espeso en invierno y en verano............ Y a Rosa le tomé afición. Venía con los zapatos de Antonio alzados por la calle, como el estandarte de la propia servitud... Ya no se podía decir que era joven. Me lloraba casi en los brazos, me decía que quería la muerte, pero tenía el corazón fuerte... Y Antonio, creyente de todos los prejudicios que por allí circulaban, se sentía algo cornudo, más que cualquier hombre inteligente, y a la mujer le veía en los ojos la maldad y el abandono, y decía que por eso la castigaba, como un maestro de viejo estampo.... Entonces, ha nacido Nicodemo, y la mujer se fijó al hogar con la pasión dolorosa por el hijo... Y Antonio se dio a viajar, como había hecho tu abuelo, y viajaba y no volvía, como hizo un día tu padre. Y Rosa bajaba las escaleras con Nicodemo tondo, semejante al abuelo, derecho como un olivo que se afirma en el suelo. Nunca lloraba Nicodemo, pasaban los años y no lloraba, y una tristeza de hombre lo acompañaba, y miraba desde lejos a los cotraros que después de la función cercaban las piedrecillas sobre el puente... Hasta que un día, Antonio ha retornado, después de Abisinia................

Acaso se sentía llamado. Detrás de la puerta, como una belva, apareció Antonio. El cuerpo se le curvaba hacia arriba y me recordaba a los boyardos conspiradores de Eisenstein –y aun el bastón le pensé en la mano derecha que se había vuelto un sarmiento de vides, y la otra mano buscaba con dignidad alguna pared cercana– y también pensé que si la abuela moría, él sería siempre un caminante y, sin hijos, sin mujeres azules, ya no moraría en el mundo visible, en el mundo escaso.

Y Testuzza llegó a decir: el viejo, el desesperado. Y fue muy doloroso para mí que lo llamara así, porque era cierto que, en el fondo, Antonio ya era mi padre o parte de mi padre.

Separados por el vidrio, nos observábamos. De todos los rasgos, siempre eran los ojos que me impresionaban, como fanales del cerebro. Por primera vez nos mirábamos de frente, y cada uno pensaría que podía ver y no lo veían. Y así como su mano atrapaba la puerta, y después la puerta se espalancaba, porque Antonio la había abierto de una patada, como un verdadero mulo, me decía:

—Vuelve a casa, la abuela pide al otro hombre de la familia. Quiere hablarte. Ven conmigo.

La historia que me contaba Testuzza se había interrumpido. ¿Aparentaba otra vez el tío y sólo buscaba que Testuzza, o quien fuera, no me contara más? Pero ahora me trajinaba afuera, y yo lo dejaba hacer, tímido, conforme, y ya desde la puerta, le dije a Testuzza:

—La madera no es pipa. Ocupa tu lugar. Yo soy el tío. Tú eres lo que eres, y yo te respeto. Ave, Testuzza.

El vico tenía olor de comidas. Alguna gallina se aturdía por allí, y el tío la corría gritándole al infierno. Llegamos a la escalera, y me dijo:

—Llévame, hijo mío, llévame, paso a paso.

Y lo hice, pero ya no sabía quién llevaba a quién.

XIX

—Tu padre era mi hermano. Tú eres su hijo y eres mi hijo. Eres mi hijo, porque mi madre fue madre de tu padre. Es una vieja ley, ¿no conocías?
—Te agradezco, te agradezco la enseñanza.
—Testuzza es tu maestro. Te racontaba, ¿es cierto?…….. Apuremos el paso, hijo querido. Ahora encontraremos viva a la abuela. Después me encontrarás muerto a mí.

Era casi abril, pero la abuela todavía estaba al rescoldo. Esta vez me llamó por mi nombre desde arriba, y pareció que hacía como hacen los conocidos de mucho tiempo, que te recuerdan bien y te esperan, más importante de lo que eres, portador de alguna juventud. Entramos por la escotilla, primero el tío, después yo. Tío Antonio había cambiado de expresión, y estaba más calmo. Y la abuela, apenas subimos, me dijo:
—Te rengracio, te rengracio. Me has devuelto un poco de vida. Antes, tus cuginas eran de otro país…

Ahora, ahora, por ti, Antonio me ha hablado de ellas... y me ha hablado para bien, porque me ha dicho que ellas te han recibido con el amor que te mereces, y te dieron el lecho y la comida que de nosotros no te conforma... Y yo te comprendo, y yo te perdono...

—Testuzza me dijo tu nombre.

—Sí, me llamo Rosa. ¿No lo sabías? Y Rosa se llamaba mi madre, y era Rosa la madre de mi madre y la esposa de Antonio. Y si me dejas recordar, Rosa era el segundo nombre de la madre de tus cuginas... muerta de enfermedad tristísima... y nadie fue capaz de seguirla a la tumba, las hijas, las hijas, nada más... y después callaron de ella para siempre... Y hubo otras rosas madres e hijas, hermanas y abuelas cada una a su tiempo... Muchas, muchas rosas hay en estos lugares... todas rosas muertas, y alguna un poco apasida como ves...

Antonio ya casi había terminado su café, y roía un pequeño pan. Pensaba, pensaba él también, y removía con el dedo las briznas caídas al fondo de la taza. Después carraspeó, porque algo le había ido a mala gola, pan o pensamiento.

—¿Qué piensas?— le dijo la abuela.

—Son casos míos.

—Tus casos son mis casos.

—¿Quieres que litiguemos?

—Atiende, atiende al nepote mejor que las cuginas. No lo confundas. Puede imaginar mal de su tío, y ya imagina mal. Y dos veces es mucho para cualquier cosa. Es mucho para el invierno y es mucho para estar con la tristeza encima, es mucho para mí que soy una vieja y es mucho para ti que estás envejeciendo.

–Mal que te tizne.

–Sí. Alguna mañana no me encuentras.

–¿Te irás a pasear? ¿Has elegido el puerto de embarque? ¿O prefieres los cantones suizos?

–Ya estamos encaminados tú y yo.

–Insistes. Quieres que nos masacremos.

Y a la luz del flueguecillo seguía la luz del sol, apenas un poco más fuerte, reducida por los vidrios opacos. De vez en cuando, la abuela, sin girar la cabeza, miraba al costado, como si sospechara alguna presencia más. El tío pasaba del fuego al vidrio, y en el camino me indagaba a mí la razón de aquella mirada. Finalmente, la abuela me dijo:

–Yo herí a tu madre, la herí sin piedad. ¿Por qué lo hice? Quiero que sepas. Herí a tu madre porque me quedaba sola. Tu padre era buen hijo, y estaba voluntario conmigo... A una palabra mía respondía con delicadeza que era casi de mujer, y yo le hacía una fiesta a cada pedido de afecto... ¿Pero tú crees que cualquier joven puede soportar mucho tiempo soledad de madre sin esposo en casa? Un día, un día... lo he visto que escribía... y tú también escribes... Líneas amorosas indirizadas a tu madre... y era mi propio esposo que le hablaba a otra mujer... Después de la estación se esposaron. Tu madre no venía nunca a verme... tu padre me arribaba a la tarde... cuando el día ya estaba amasado para mí... Se sentía a disagio... preguntaba por los hermanos... la memoria se le dileguaba... y al hermano más querido no lo nombraba, por no sujetarse a la familia, y era como si no lo quisiera... Y yo interpreté que tu padre se había inclinado a la familia nueva, y nos había traicionado, porque ellos eran más capacitados, o por lo menos tenían la fama... y tú sabes que la fama es más gloriosa que la verdad... Y no interpretaba mal... Tu padre fue tomando costumbres de sirviente... y todo el mundo decía en son de mofa que hacía el bucado, aunque yo no vi... y se ratopaba las medias como un hombre soltero y solo... de esos que se dan las ciprias sobre las mejillas y se calzan zapatos de velludo............ Así, empecé a señalar tanto a tu padre como a tu madre, sin saber si estaba contra tu padre porque se olvidaba de mí, o contra tu madre porque me apartaba de mi hijo... Lo cierto es que mis ojos no podían expresar el viejo amor... y entonces el joven sintió que yo lo abandonaba y culpó a la mujer, y aquel odio confuso fue la causa de muchos males... porque si ves el mal en todas las cosas, eres tú mismo el mal. Y nos separamos todos, el uno del otro... Tu abuelo era un dolor que nunca se iba... de tu padre me acordaba como si hubiera muerto. Los hijos de Salvo venían a contarme, y yo no quería saber si él era feliz con la esposa o los días le amanecían tan oscuros como a mí. Y me tenía que conformar... La gente cantaba en la plaza, y tampoco yo sabía si lo hacían de alegría o de mesticia... porque los oídos son cristales de engaño y a veces te echan fuego o te hacen olvidar el mal propio. ¿No te ha pasado a ti que un sencillo y candoroso pajarillo es la guarición y el bello grito de los jóvenes te lleva en demonio?

"Vives entre cuatro muros... pierdes los hilos... ya no sabes si puedes medir la herida o si está curada o si todavía el orlo de sangre mala y blanca... que no es sangre... caminará, caminará hasta el corazón como una línea de muerte... Tampoco separas bien la mano izquierda, que busca... y la mano derecha... que empuña.... Y no sabes si cada alba es un paradiso... o se trata de la montaña que explota desde la entroteama y nos quiere llevar para siempre al otro mundo... Los sentidos... los sentidos mancan... la mente pura trabaja, y tú sabes que la mente pura está intrisa de pasado, nada más que de pasado..."

—Ahora blasfemas, ahora me llamas al pasado en mi propia casa, ahora me llamas al demonio —gritó Antonio—. Y te expandes, te expandes, y no le dices a tu nepote cómo llegaste a ofender a la madre, cómo fue la escena.

—No me has dejado llegar... Déjame llegar.

—Yo eché a tu madre de mi casa. Ella había venido a hacer las paces, como es hábito entre mujeres... Y así como tú me estás sentado delante, con su propia voz, me habló bien del esposo... Él era amable con ella, y nada podía criticarle... Pero el hijo no llegaba, me dijo... Y entonces, me sentí ofesa... Tu madre tenía la duda... mi pequeño era hombre seco... Y la sangre me removió............ Y no recuerdo las palabras, pero a tu madre le he dicho unas cuantas y los maldije de amor no de miseria......... Pasaron años, naciste tú... lejos. Y me ralegré... Pero nunca tuve un solo momento de vida en paz... porque también fui una fría y terrible mujer...

Antonio fumaba, la cabeza contra el suelo, los ojos casi encendidos como un llanto que estuviera extendiéndose desde adentro, y primero le tomaba la parte más notable de la cabeza y después se le subía a la frente y eran gotas de la tisis o la silicosis avivadas por la polémica. Decía que sí, decía que era cierto como contaba su madre.

Y entonces sonaron las campanas brillantes, porque era la semana del santo. Olvidados de todo conjunto mal, de toda rencilla, Rosa y Antonio se pusieron a pregar. Y pensé que ellos se amaban, en modos distintos. La abuela amaba al tío, porque era su compañía, ahora sí para siempre. El tío amaba a la abuela con extraño deseo de muerte. De mi parte, el amor a la abuela era amor a la vejez y a la privación. Y en el tío, también bizarramente, buscaba la unidad de las familias. Pero ellos, ¿qué sentían realmente por mí? ¿Y si me hubiera arrodillado humilde a un costado, como hacían los tenores amantes en las óperas? Si hubiera pedido a gritos el agua de amor que me curara desde el origen. Pero ya había elegido, una vez, y me quedé de pie, tal como estaba.

Y pasado el momento, y como los dos eran bravos

peleadores, se hicieron dos horas de discursos firmes y fantásticos, con la furia de las ocultas lenguas, y era volver al principio o decir un lenguaje de muertes, otra vez. Y fue el único lenguaje que absolutamente no pude comprender en el país, colmado de vocales que no eran las vocales de costumbre y que se arrastraban como biscias, de consonancias que me transportaban a los libros arcaicos leídos en la biblioteca de Reggio, con el mar en el fondo y el ansia coagulada de cruzar el estrecho.

Sin embargo, no me podía retirar. Llegaba el ocaso, y la escala bajo el catarrato era de nuevo apariencia de muerte, y ya no en el relato de la abuela. El cuerpo de Rosa, una Rosa que no sabía cuál era, un nombre más que un cuerpo, empujado o no, rotolaba hasta la puerta sobre el vico y después, deshecha la puerta, se afirmaba sobre sus propias espaldas y derivaba por las acequias y, cerca del Tórbido, donde el puente daba la vuelta hacia el norte, allí, se erguía e imprecaba contra Antonio y le decía asesino.

Dos horas, o más. Se habían fatigado. El tío me buscaba: quería bajar a la plaza. La abuela giraba los ojos hacia el lugar de hábito de los visitantes, y era el mismo punto que a mí me parecía de muerte.

Y al hacerse noche alta, todos mis pensamientos fueron hacia mi madre. Entonces, le escribí:

"*Finalmente, dirai, due parole... Es así: por fin te escribo. Unas pocas líneas, porque yo también te digo lo que me dijiste al partir: ya hablaremos, ya hablaremos... Ya hablaremos de las sobrinas tuyas, de la abuela Rosa y del tío Antonio, de Testuzza, de aquellos a quienes no nom-*

braste y de otros a los que seguramente no conociste. De Nico, quiero decirte que nadie lo recuerda. Sé que te he dejado sola en tu duelo por el padre que no tiene fin. Soy joven, y entonces soy cruel, aunque sin orgullo de mi crueldad. Cerrados sobre el corazón, los jóvenes estamos acostumbrados a juzgar sin ver y sin establecernos, ya sea por las palabras o por el silencio. Decidimos también, aparentemente, en un instante. Pensarás que ese fue el modo en que decidí este viaje. Pero debo decirte que el deseo era antiguo, desde que el padre conversaba del país, y me despertaba imágenes arbitrarias, de paraíso y de amargura, de calor y de pasión, de terror y de opulencia. Después, por varios años, estuve entre el querer estar y no estar donde estaba, entre el partir y el extenderme sobre mí mismo, entre cerrar los ojos al mundo y empuñar un arma, acaso como el padre en su juventud. Hasta que un día quise ver lejos, antes de ver cerca. Ahora, la historia del viaje es plena, y atestado ya que este país existe, es la voluntad de callar que me asila, mientras no aparezca una nueva y deslumbrante palabra. Es por ello que busco el pasado, y el pasado crece a cada instante con su propia dignidad, y está aquí, como un mal y un bien padecidos por igual. Siempre tuve la moral del conocimiento, pero el país me ha hecho suspender todo juicio sobre los hombres. Tratar como estoy tratando a seres tan lejanos y tan cercanos a la vez, ha dado a cada jornada mía en este lugar el peso de un año, y si me preguntaras cuánto tiempo llevo aquí, te diría que sólo es el tiempo necesario para un desembarco, para una mirada perdida en el espacio y en las personas. Y también te confieso que los límites entre nuestras familias apenas tienen claridad para mí. Noso-

tros, hombres de ciudad, pensamos que la muerte es sólo una muerte, y que al verano sigue el otoño y al invierno la primavera, y que nadie llora por el tiempo no vivido y que 'jamás volverá'. Aquí, en cambio, todos se ocupan de sí mismos como si fueran únicos en el mundo y sin embargo ningún paisano o pariente les fuera ajeno. Todos olvidan, todos se acuerdan, ancorados los unos a los otros como víperas o magnolias. Un temor despierta un temor, un crimen otro crimen. Todos tiene el miedo a la muerte, y dicen que no debe ser llamada, pero llevan siempre la palabra en los labios, como un fijo pensamiento. El hijo del paisano ultramarino llega y es saludado en pocos días como un viejo amigo: así me han recibido a mí, y como por una jubilosa conversión ahora experimento un deseo de libertad. En este mismo momento, quisiera caminar las calles de nuestra ciudad con la frente ligera de pensamientos benignos, y que el sol resplandeciera para los iguales de condición. Quisiera vivir hasta mi último día con el sentimiento de los adolescentes. Quisiera pasar cada noche sin la ignominia en el cuerpo o en el espíritu. Quisiera abrazarte como nunca lo hice antes y decirte que todavía es posible encender algún fuego en la casa nuestra y vivir una bella mañana..."

Escribía, me observaban. Me observaban, otra vez.

XX

Podía escribir algunas cosas, pero otras no. Feliz de ser el hijo de mi padre, feliz de haber emigrado antes de nacer, feliz de continuo desamor. Era cierto que buscaba una patria, una verdadera patria, una lengua, una verdadera lengua. Era cierto que buscaba la lengua y la patria en el antiguo tronco de familia, y el tronco aparecía despedazado, la melancólica rama materna por un lado, por el otro la furia del orden paterno. Pero, ¿no eran patrias semejantes el país pequeño y la gran ciudad? ¿Había en alguna parte un término mayor que la palabra y la clase, la vejez y el tormento, el clamor y la juventud? ¿No éramos todos, los nacidos aquí y allá, simples figuraciones del extravío y el engaño humanos?

Llevé mis manos hacia adelante. Alguna luz se colaba en la ventana. Me levanté. Ya no respiraba el aire de los primeros días. Había cambiado él, o eran mis pulmones que pedían más. Escuché las voces de las mujeres que estridulaban: no parecían voces voluntarias, sino obligadas por alguna circunstancia. Una repentina curiosidad me empujaba hacia el vacío, como acostumbraba el tío Antonio. Asomé la cabeza. Arriba, escaso era el muro y ocultaba el cielo. Abajo, mis ojos no llegaban al vico y encontraban el reflejo del primer sol. Me vestí, sin afeitarme. De nuevo sonaban las campanas.

La música surgía de mí mismo. No tenía palabras, pero quería decir, y era la sustancia del grito que la turba lanzaba en la Pasión. Quería decir el mundo transcurrido, de delirios llevados en la cabeza y en el corazón, de aguerridas creencias condenadas a la hoguera. Quería decir una catástrofe, un terremoto, un aluvión, una muerte general, un fenómeno psíquico o físico nunca visto que me revelaría la aporía de mi transfiguración. ¿Pero qué nuevo horror esperaba al vicio mío de saber?

Tan temprano, Antonio ya estaba en pie. Tenía el asco encima, lo tenía seguramente de la noche anterior. Ahora sí era tiempo para mí, y de golpe le dije:
—Quiero beber. Te aceptaré el vino.
—Lo beberás impuro.
—No. Lo beberé a modo de agua.
—Te buscas la tempestad.
—Si me acompañas, llegaremos.
—Has aprendido el estilo. ¿Adónde quieres llegar

ahora, nepote? Ven, beberemos detrás de las puertas, como dos buenos camaradas.

Y no fue el bautismo, pero me sentí bañado por dentro, con la inspiración de iniciar y de ser iniciado, en esa alegría tan irrecuperable como el dolor. No quería resistir más. No quería burlarme del destino. Qué otra cosa aplastaba a los pueblos y a las personas durante años y siglos y les alumbraba las mañanas con el rito de la esperanza. Porque resultaba siempre imposible volver atrás en la vida. Y también era cierto que el dios nos había olvidado demasiado, y un sentimiento de cólera nos despertaba la congoja, el viejo cordolio de los paisanos.

Tío Antonio estaba abrazado conmigo a malapena, un solo brazo sobre mi cuello. El corazón le batía como una fuerza enferma, y me pareció ser responsable, objeto de desesperado afecto: él recogía de mí el calor dictado por mi mente o por mi propio afecto, y la ilusión de abandonar mi cuerpo me dejaba estar. Entonces, el tío me dijo en el oído:
—¿Beberás otro vaso?
—Beberé dos vasos. Uno por mí y otro por ti.
—¿Y el primero por quién lo bebiste?
—Por la familia.
—¿Por ella has bebido? No te irás, no te dejaré ir. Si te dejo ir, me odiaré. Pero si no te dejo ir, me odiarás tú.

—Te aprecio, te aprecio... Te aprecio porque llegaste con las manos casi vacías... café, coñac, nada más... ¿Fue tu madre que te aconsejó? No trajiste pellizas ni camisas de seda... Viniste despojado... Y en silencio estuviste, desde el primer día... Te aprecio porque te guardas el talento en la cabeza y no permites que el corazón te haga tremar las manos... Yo te he visto... te he visto de noche echado sobre la cama como si tuvieras mujer abajo tuyo, y sólo tienes papeles, y piensas un poco y después inscribes, allí inscribes y ocultas entre tus libros... y el tacuino parece un libro más... Y tanta fuerza, tanto calor pones en ello... que la barba parece crecerte de varios días en algún minuto........... Pero me dirás, me dirás qué escribes, me dirás de una vez por todas a qué has venido a esta catacumba. No son las tierras que te trajeron. Pasaste la noche junto a mujer... ¿Hiciste bien el valentino? ¿O fue una caricatura que hiciste? Ninguna mujer sola del país puede atreverse a pasar noche con hombre alguno, del propio país o venido de lejanía. Esta misma mañana hubieras debido irte con ella y buscarte otro rincón de mundo... Y si no fuiste capaz de estar hecho, entonces debías escapar más solo que la mujer y decirte a ti mismo que ya no eres hombre para nadie .... En otro tiempo... en otro tiempo, te fermábamos y te encerrábamos en cámara de pública seguridad... y después te anulábamos el pasaporte y te expulsábamos... Y la mujer era lapidada a furia de pueblo... Sí, con los fascistas ya estarías en la caserma... con los fascistas había moral, había dogma... Pero no estás comunicado tampoco... y entonces no te pueden excomulgar... Tus cuginas, tus cuginas... te llevarán al batisterio... y sé que piensan esposarte con la cugina de su parte que vive en Pedemonte de Liguria, entre otras montañas... Cásate, cásate... y te darán una dote de capicueros .... No quieres tierras, no quieres mujer para siempre, no quieres que te limpien el alma..... ¿A qué has venido? ¿Qué quieres de nosotros? Eres un espía, sincérate... ¿Pero a quién sirves?... Quieres conocer todo... Pues bien, te hablaré con la cara descubierta. ¿Sabes qué es la omertad? Yo hablo y tú no has escuchado... Tú haces, y yo ni menos te he visto.... Y tú y yo recordamos, pero enmudecemos... Entonces, escúchame ahora a mí, como has escuchado a Testuzza y a la abuela...................... ¿Nadie te ha dicho que te pareces a Nicodemo mío? Eres su figura, eres su manera... Al principio, me negué a aceptar, como tú hiciste con el vino... Y no sé quién es la buena o la mala copia... como una sombra...

–Testuzza me hablaba de él que era niño...

–No, no... Nicodemo es mío, es mío...

–¿Quieres conocer cómo ha muerto Nicodemo? ¿Quieres saber dónde está la madre? Mi pecho sabe, solamente mi pecho... Nadie puede decirte... Fue en el Belgio, en el periodo de guerra, cuando la vida no era buena a nada, y la muerte acostumbraba a la muerte... Algunos los piensan todavía errantes por el mundo, ¿pero qué padre no hubiera colpido una y otra puerta preguntando por su hijo? Con estos brazos, con estos brazos... he matado a la madre y he matado al hijo... Les risparmié el sufrimiento del mundo... y el sufrimiento de mí... Eso hice, y no fue a mal corazón... ¿Por qué, por qué?................... No me salves, no me salves, pero no me denuncies... no me odies tampoco... Tú eres mi hijo, tú eres Nicodemo... y me llevas adentro.

Un humo de primavera se extendía por la estancia, y no se sabía si ella era ventana o plaza, lecho o tumba: la luz, la luz de los patios rojos, como un tiempo anterior. Y fue desde el pecho que empecé a separarme de Antonio. Acaso era cierto, acaso había matado. Porque toda la muerte estaba en él, y entonces me decía: has bebido conmigo, algo conoces ya más profundo, morirás tú también. En illacrimata sepultura.

Así, dejamos de mirarnos.

¿Tenía sentido indagar la consistencia del crimen? No. Toda confesión a su vez pensada es superior a cualquier investigación, a cualquier evidencia. Desde el primer día, era justamente esto lo que quería saber de la familia, algo que sospechaba: orgasmo, infamia, principio de aniquilamiento. El tío aparecía como el victimario y también como la víctima, sujeto a un estilo de vivir que sólo podía imaginar al estado y a la familia en el horror del ecidio oculto o manifiesto. Y por un acto de vileza enmascarado de piedad extrema, decidí: me quedaría un día más en el país, una noche, apenas un día con su noche, y después partiría.

Es doloroso empezar, es doloroso finir. Mi última jornada en el país fue rápida, corriendo de la casa paterna a la casa de las primas, donde me besaron varias veces en las dos mejillas, mientras Yole me prometía que guardarían el aceite para el próximo viaje y Teré me deseaba una vejez corta y hermosa. Después, en la botega, Testuzza me entregó en silencio una foja de consejos sobre el bien escribir. Linucha jugaba sola en el ingreso de la casa, pero no quise saludar: no me hubiera contestado, y evité otro extraño displacer. De la madre, sabía que nunca temblaríamos el uno delante del cuerpo ajeno, o el ajeno en sí mismo.

Llegaba el momento de tirar las sumas. Me iba, me iba como un nuevo delincuente. Me iba cortado verde, como me había dicho la sombra de mi padre. Y así como muchas cosas había dejado sin hacer con la madre o con Clemar en la ciudad, pensé que aquí no me había demorado en los braseros y tampoco había pasado más allá del puente. Escasa finura les había mostrado a las primas. Nadie me había llevado finalmente a la Morsiddara. No había buscado las fuentes primeras del Claro y del Tórbido. No había leído con mis propios ojos la placa de mi padre en el municipio. No había estudiado el ritmo vario de las campanas. Apenas había hablado con Testuzza, y me había olvidado de Siciliano y de León, que acaso esperaban verme alguna vez más en la placeta.

Y no viviría la Pascua original, no viviría la primera fiesta del santo en el año. También quedaba inapagado el deseo de procesión. Había ido a llenar los cántaros, y el agua se me había volcado en el camino. Creía tener todo el haz en las manos, la vida presente y la vida pasada, el movimiento y la serenidad, y sólo había juntado algunas hebras. Abandonaba la vida vieja que en el país hacían, la vida vieja destinada a desaparecer sin un grito.

Y en el recorrido final entre las casas, con la luz del ocaso que daba nitidez al valle, las cruces en lo alto eran la humana transformación. Entonces pensé que el viaje había sido un tránsito en mí mismo y que día a día había pasado de lugar a lugar como quien toca las diversas partes de su cuerpo, en el anhelo del ser amado. Unas cosas habían sucedido, otras podían ser. Mi madre y la abuela Rosa se encontraban y lloraban juntas por mi padre muerto. Teré, o Yole, enfermaban malamente. Filipo escribía desde Lyon, y decía que tampoco este año visitaría el país (ah, caro Filipo: de ti mismo hubiera querido aprender por qué te fuiste, y caminaríamos afianzados por los vicos, y nos hablaríamos como los hermanos que no somos y que no tenemos, nos hablaríamos del socialismo y del giro de nuestras almas, de las pequeñas y grandes desventuras nuestras –¿y no eres tú el desconocido que aparecía sin carnes cada vez que alguien se voltaba y me saludaba, o cuando las personas dejaban de hablarme y yo aguardaba sin esperanza mi propia respuesta?–). Y el fantasma de Vastasu se pasea de país en país con el hato a las espaldas, y un hombre está amargamente sentado en la botega de Testuzza. Todo es un pentimento, una presunción. Nadie ha llegado todavía a ninguna tierra, ningún lugar es definitiva vida. Alguna vez me preguntaré si he estado realmente aquí, o se trató de la ilusión de un viaje nunca sucedido. Los paisanos se olvidarán, o seré siempre para ellos la informe soledad de un mundo ignorado que aquí estuvo, sospechados, sospechantes, los unos y los otros. Pero ahora sé que mi padre está irremisiblemente muerto. Ahora sé que el tronco antiguo me socorrerá siempre que lo llame, casi seco o digno de nuevo retoño, con la mala y la buena raíz.

No hay una sola palabra terrible. No hay una palabra sola que constituya todo el fundamento. Así como toda vuelta, traición o violencia de hombre no tiene explicación en un único hecho, son muchas las palabras que me llevo del país. Tantas palabras, tantas obsesiones, ecos de mí mismo y de los otros, una fiebre ésta del cuerpo y del espíritu. No muerte solamente. Piedad y destrucción, quietud y demonio, horror y pasión, miseria y silencio. Echarse, litigarse, retirarse. Aceptar, despreciar, ofrecer. O acaso la palabra es *aquí*, mi voz, mi cuerpo, viviendo de igual modo en el país, zopicando por los vicos como Nico, o en la ciudad, como una blasfemia del tío Antonio. Pero no es cierto, no es cierto que un hombre perece de un lado, y otro hombre se estremece del otro lado. No es cierto que a un grito de alegría corresponde una exclamación de agonías. Todo es igual, todo es la misma crema, como dice Testuzza, de un lado, del otro, de oscura vida en oscura vida. Y las palabras no tienen señor, y ahora descansarán en mí como descansaba la aguja en la mesa de trabajo de mi padre.

Entonces, seguí escribiendo:
"Las guerras todavía no han sido pocas y las matanzas muy piadosas como para que guerreros e impiadosos hayan gozado bien y se oculten en la historia. Muchas veces irán a buscarnos todavía, y nos pedirán los cuerpos de padres y hermanos, a nosotros, hijos, hermanos... Ningún crimen cumplido habrá sido vengado, el estúpido terror se hará fuerte otra vez, la libertad correrá por las calles como un fuoruscido. Cada peste seguirá corrompiendo al pueblo. Muchas albas nuevas habrá sobre el Carmen, los últimos campesinos serán otra memoria de sueño. Estaremos medianamente vivos, con el alma más cerrada y la mente de ironía. Para nuestro bien, para nuestro mal, amaremos y no sabremos si nos aman. Nos quedaremos, nos iremos...".

Y la abuela se acercó y me dijo: Bendito seas para siempre.

Busqué en la oscuridad. Tío Antonio me había escondido el reloj, pero la luz ya estaba sobre mí. La luz, los gallos, in compagnia di morte.
Y apenas el día se elevó, me alcé discretamente. Las nieblas habían bajado sobre el valle, como un redestar

del invierno. Dispuse la valija cercana a la puerta. Antonio dormía sobre una silla, y así quedó. Dije adiós en voz baja.

La corriera llegó justa. Ascendí, y fue mi última mirada sobre el país. La montaña empezó a abrirse, como otra belva. Pronto estarás de nuevo en el azul del Jonio, me dije, y miles de años serán.

LOS CONSEJOS DE TESTUZZA SOBRE EL BIEN ESCRIBIR

1. *Hazte de coraje, y escribe.*
2. *Escribe siempre con el lápiz.*
3. *Si escribes, no hables de mí.*
4. *Tu lengua será siempre tu enemiga.*
5. *Los malos tiempos te enseñarán a escribir.*
6. *Cuando escribas, no debe ser ni de noche ni de día.*
7. *Cuando escribas, el tiempo no debe tener ni límite ni extensión.*
8. *Cuando escribas, no te comas el corazón.*
9. *Tampoco escribas concitado mucho tiempo, porque se te quebrará la voz.*
10. *Deja siempre un lugar para intersecar.*
11. *Trata de expresar alguna esperanza, pero con pocas líneas.*
12. *Despoja, despoja, y te quedarán dos palabras, una en cada extremo.*
13. *Tu buen gusto se verá en las mezclas.*
14. *Siempre es otro el que escribe.*
15. *No te vuelvas hacia atrás al componer.*

16. *Nunca llores sobre tu propio libro.*
17. *Haz la página limpia, y si vienes del abismo, asómate a él.*
18. *Muerde un punto, un solo punto de tu carne.*
19. *No inclines demasiado la cabeza para escribir.*
20. *Aun las uvas pueden ser pisadas limpiamente: interprétame.*
21. *Escribe, y quema.*
22. *Siempre estarás en crisis.*
23. *Si eres poeta verdadero, perderás el tiempo con la gente.*
24. *Estudia la tradición, y al recordar inventa.*
25. *Debes hacer esto y no otra cosa.*
26. *Si puedes, llévate la palabra al lecho, pero no la ames.*
27. *Y de cada palabra y de cada mal, surgirás más sereno.*
28. *Alguien te comprenderá, pero el mundo no cambiará.*
29. *Cuando termines de escribir, lee: si no te reconoces al leer, lo escrito es bueno.*
30. *Expurga, expurga. No des a las prensas antes de expurgar.*

ÍNDICE

I / 9
II / 19
III / 31
IV / 41
V / 49
VI / 57
VII / 67
VIII / 79
IX / 89
X / 97
XI / 107
XII / 115
XIII / 125
XIV / 135
XV / 143
XVI / 151
XVII / 161
XVIII / 169
XIX / 181
XX / 191
Los consejos de Testuza
sobre el bien escribir / 203

Esta edición se terminó de imprimir en
VERLAP S.A. Comandante Spurr 653
Avellaneda - Prov. de Buenos Aires, Argentina,
en el mes de julio de 1998